KB012641

이형석 퓨전 판타지 장편소설

WISHBOOKS FUSION FANTASY STORY

스킬의 왕제

스킬의 왕제 4

이형석 퓨전 판타지 장편소설

초판 1쇄 찍은 날 | 2017년 11월 9일
초판 1쇄 펴낸 날 | 2017년 11월 16일

지은이 | 이형석
펴낸이 | 예경원

기획 | 위시북스
편집책임 | 이규재
편집 | 이즈플러스

펴낸곳 | 예원북스
등록번호 | 제396-2012-000132호
등록일자 | 2012. 7. 25
KFN | 제1-176호

주소 | 경기도 고양시 일산동구 호수로 646-24 위너스21 II 빌딩 206A호 (우)10401
전화 | 031-819-9431 팩스 | 031-817-9432
E-mail | yewonbooks@naver.com

ISBN 979-11-6098-611-2 04810
      979-11-6098-466-8 (set)

이형석 퓨전 판타지 장편소설
WISHBOOKS FUSION FANTASY STORY
스킬의 제왕
4
Wish Books

스킬의 제왕

CONTENTS

30장 트라멜을 얻다   7

31장 선혈동굴   51

32장 선혈동굴의 주인   91

33장 마력(魔力)   117

34장 괴물   157

35장 검은 덩굴   195

36장 랭크 업(Rank Up)   223

37장 위업(偉業)   267

30장
트라멜을 얻다

"뭐? 필립 로엔이라고?"

"그 자식……. 역시 강무열에게 붙은 건가!"

트라멜의 성문이 열리며 갑작스럽게 들이닥친 공격에 휀 레이놀즈의 거점이 분주하게 움직였다.

"모두 전투준비!!"

하지만 소란도 잠시. 그의 명령에 병사들은 빠르게 대열을 갖추기 시작했다.

"알란, 칸. 두 사람은 50명씩 데리고 양쪽을 맡는다. 케니스, 넌 20명을 데리고 가서 비전투원들을 보호해."

"넵!!"

"알겠습니다!"

"상황을 봐서 움직인다. 아직 트라멜의 본 세력이 움직이지 않았다는 걸 명심해. 양쪽에서 허리를 끊는다. 필립 로엔을 제외한다면 그의 병력은 그다지 위협되지 않는다. 하지만 트라멜이 움직인다면…… 즉각 후퇴해야 한다.”

일사불란하게 정해진 계획에 따라 알란과 칸이 먼저 움직였다.

쾅……!!!

“좋아. 이 박쥐 같은 놈들!! 어디 한번 와봐라!!!”

칸은 자신의 병력을 이끌고 가장 먼저 거점을 나와 필립의 권세를 상대할 준비를 했다.

“뭔가 함정이 있을지도 모른다. 조심해.”

“걱정 마. 녀석이 강무열의 밑에 들어가려면 뭔가 무공이 있어야 하는 거겠지. 그가 노리는 게 우리들의 목이라면 오늘 떨어지는 건 바로 저 녀석의 목이 될 거다.”

강무열에게 졌던 것에 대한 수치심 때문일까. 전투를 서두르는 그의 모습에 알란은 불안한 표정을 지었다.

쿠그그그그…….

“온다.”

그러나 고민은 거기까지다. 다가오는 적이 시야에 들어오자 두 사람은 공격 태세를 갖추었다.

“모두! 돌격!!!!”

차르륵———!!

좌악――!!!

명령이 떨어지자마자 병사들은 마치 화살처럼 빠른 속도로 양쪽으로 퍼져 나갔다. 모두 C랭커인 그들의 속도는 확실히 필립의 군대보다 한 수 위였다.

두 사람의 병력이 양쪽에서 필립의 군대의 중앙부를 끊기 위해 송곳처럼 파고들었다.

하지만 그때.

"……!!!"

그들을 향해 달려오던 필립의 병사들이 갑자기 방향을 틀어 흩어지기 시작했다. 그 결과, 삼각 대형으로 공격을 시도했던 알란과 칸의 병력이 반대로 그들에게 둘러싸이고 말았다.

"뭐, 뭐야?!"

칸은 당황스러운 목소리로 외쳤다.

"모두 방어 준비!!"

모래처럼 순식간에 자신들을 뒤덮은 적 병력의 공격을 막기 위해 병사들이 황급히 자세를 잡았다.

그러나 여기서 또 한 번의 반전.

필립 로엔이 잔뜩 긴장한 칸의 얼굴을 한 번 쓱 바라보면서 지나쳐 가는 것이 아닌가.

마치 공격의 의사가 전혀 없는 것처럼 그들은 알란과 칸의 병력과 그 어떤 격전도 없이 도망치기 시작했다.

"이 자식들!! 무슨 꿍꿍이인 거야!!"

공격을 해온 것은 저들이었다. 하지만 정작 자신들과 조우하자마자 내빼는 모습에서 칸의 얼굴이 일그러졌다.

"거기 멈춰!!!"

자신들을 따라 달리기 시작하는 칸을 향해 필립 로엔이 고개를 돌렸다.

'정말…… 그의 계획대로다.'

필립은 전투 중이라는 사실을 잊은 채 자신도 모르게 입꼬리를 올렸다.

웃음.

'이토록 완벽하게 예상대로 움직이다니. 최혁수, 정말 대단하군.'

호전적인 칸의 성격을 눈치채고 그가 자신들을 쫓아올 것을 예상했던 것일까.

아니다. 그 정도는 자신도 충분히 예상할 수 있는 문제였다. 고개를 돌렸던 필립 로엔의 시야에 들어온 것은 그를 쫓아오는 칸이 아니었다. 그보다 더 뒤.

그 순간.

콰아아앙——!!!

콰가강……!!

필립 로엔이 지나온 장소에서 강렬한 굉음이 터져 나왔다.

"……!!!"

모두가 숨을 죽이고 뒤를 바라볼 때 도망치던 필립 로엔은 자신도 모르게 흑창을 든 손에 땀이 맺히는 것을 느꼈다.

꿀꺽.

그건 두려움에 의한 것이 아니었다. 두근거림이었다.

"공격이 시작되면 무조건 휀의 진영 쪽으로 달려가세요. 하지만 당신을 잡기 위해서 움직이는 건 휀만이 아닐 겁니다."

"그럼……?"

"당신의 병력이 트라멜에서 빠져나오면 그걸 본 베이 신은 이렇게 생각할 겁니다. '적의 수를 줄일 수 있는 절호의 기회다'라고."

"그렇다면……."

"그것도 본인이 아닌 다른 사람이 타깃이 되었으니 그는 이 기회를 놓치지 않으려고 할 겁니다. 움직이지 않고는 못 배기죠. 그는 당신의 뒤를 칠 겁니다."

필립 로엔은 출진 전에 최혁수가 말한 내용을 기억했다.

휀의 거점을 향하는 도중에 설치한 진법.

최혁수의 예상대로 베이 신은 그의 뒤를 노렸고 보란 듯이 준비된 진법이 발동한 것이다.

"공격할 필요 없습니다. 미끼로도 충분하니까. 그대로 돌파해서 가시면 됩니다. 나머진 우리가 하죠."

자신의 병력과 함께 이동하는 필립 로엔은 진법을 설치했을 최혁수가 어디선가 웃고 있을 거 같다는 생각이 들었다.

그 순간.

[크아아아아아……!!]

날카로운 플레임 서펀트의 포효가 들렸다.

화염에 휩싸인 베이 신의 부대가 혼란에 빠져 있는 그때, 상공 위에서 전장을 내려다보며 무열이 검을 뽑아 들어 올리며 소리쳤다.

"트라멜의 병사들이여, 모두 공격하라!!!!"

와아아아아―――!!!!!

강찬석을 필두로 트라멜의 병력이 쏟아져 나오기 시작했다. 150여 명에 달하는 3거점의 병사가 화염에 휩싸인 베이 신의 부대를 덮쳤다.

'역시 최혁수로군. 벌써 저 정도 수준으로 진법을 쓸 수 있게 된 건가.'

강찬석의 부대와 베이 신의 부대가 격돌하는 것을 바라보며 무열은 생각했다.

최혁수가 이동하면서 설치한 초열(焦熱)의 진법은 단순히 화염 장벽을 만든 것이 아니다. 마치 미로처럼 둥근 원 안에 칸칸이 벽을 만들어 몰이사냥을 하는 것처럼 자연스럽게 하나뿐인 탈출구로 적을 유인했다.

반면 밖에서 안으로 들어갈 수 있는 길은 많아서 강찬석의 부대는 원형 진법의 가운데로 일제히 공격을 가했다.

'이건 스킬의 문제가 아니다. 진법의 형태를 만드는 건 모두 최혁수의 머릿속에서 나오는 것이니까.'

"죽여!!!"

"밀리지 마라!!"

"힘으로 눌러 버려!!"

베이 신의 부대에서 악에 받친 외침들이 터져 나왔다. 부대장들은 어떻게 해서든 혼란을 막으려고 했다. 그러나 꺼지지 않는 초열의 불꽃에 화상을 입고 고통스러워하는 병사들에겐 그들의 목소리가 들리지 않았다.

"제길……!! 너흰 날 따라와라."

습격은 완전히 실패다.

베이 신은 자신을 호위하던 부대장을 데리고 활로를 뚫기 위해 불 속으로 뛰어들었다.

척……!!

그 순간, 트라멜 성벽 위에서 깃발 하나가 솟아올랐다. 그리고 또다시 그 주위로 두 개의 깃발이 더 올라왔다. 좌에서 우로, 그리고 앞에서 뒤로 움직이는 깃발은 단순히 흔들리는 게 아니었다.

'수신용 깃발.'

흩어진 병력을 추스르던 필립 로엔은 그 뜻을 알 순 없었지만 적어도 그게 어떤 용도인지는 예상할 수 있었다.

그리고 그의 위에 누가 있는지는 뻔했다.

라캉 베자스.

이제 트라멜의 대표인 그 역시 무열을 인정하지 않을 수 없었다.

'이미 이 정도까지 준비되어 있는 곳이었던가, 트라멜은.'

수신용 깃발을 본 트라멜의 주둔 병사들이 다시 한번 전장 속으로 뛰어들었다.

필립 로엔, 강찬석, 그리고 라캉 베자스로 이어지는 3번의 물결 속에서 베이 신의 부대와 알란, 그리고 칸은 정신을 차리지 못했다.

꽈악.

'나도 이곳에서…….'

흥분.

싸우고 싶다는 마음.

필립 로엔은 결국 자신의 흑참을 고쳐 쥐면서 소리쳤다.

"미끼만 되다 끝나는 건 내 자존심이 허락하지 않지. 전 병력!! 녀석들을 압살(壓殺)하라!!"

사방으로 흩어졌던 병력들이 그의 명령을 듣자 일순간에 방향을 틀어 칸과 알란의 병력을 에워싸기 시작했다.

"죽어라!!"

"녀석들을 못 움직이게 막아!!"

"돌파해!! 녀석들은 기껏해야 D랭커들이다!!"

차앙―!!!!

차자장――!!

필립의 병력과 칸, 알란의 병력이 충돌했다.

병장기가 부딪치는 소리와 함께 여기저기에서 비명이 터져 나왔다.

지금까지 볼 수 없었던 대규모 전투.

"휀은! 휀 레이놀즈 그 자식은 뭐 하는 거야!!"

베이 신은 화염 속에서 분노에 찬 목소리로 소리쳤지만 그가 그토록 찾는 당사자는 지금까지도 모습을 보이지 않았다.

점차 밀리는 전세를 보며 알란이 입술을 깨물며 말했다.

"칸, 대장의 말대로다. 이제부턴 플랜 B다."

"제길!! 이렇게 끝낼 순 없어!!"

"정신 차려!! 처음부터 후퇴 명령이 내려졌던 계획이야. 필립 로엔 이외에 강무열까지 합류한 지금은 어쩔 도리가 없다."

알란은 날카로운 자신의 세검을 병사의 목에 찔러 넣으며

서 말했다.

"합류 지점은 잘 기억하고 있겠지."

"빌어먹을……!! 그 정도로 멍청하진 않다. 언젠가 내가 저놈의 목을 비틀어버리겠다."

"나 역시."

알란은 서펀트 위에서 자신을 내려다보고 있는 강무열을 향해 이를 갈았다.

"살아서 만나자."

"알겠다."

"모두 퇴각하라!!"

이번엔 필립 로엔이 아닌 칸과 알란의 병력이 흩어지기 시작했다. 그 모습을 본 베이 신의 부대장이 절망에 찬 목소리로 소리쳤다.

"대장, 일단 피하십시오! 이대로라면 승산이 없습니다!!"

"시끄러워……!!"

하지만 그것도 잠시.

"놓치지 마라!!"

강찬석의 외침과 함께 일제히 필립 로엔의 병력과 3거점의 병력이 그들을 에워싸기 시작했다.

"크윽!!"

베이 신의 부대 역시 만만치 않은 힘을 가졌지만 두 개의 병력과의 전투에서 이기는 건 결코 쉬운 일이 아니었다. 거기에 트라멜에 주둔하고 있던 병력들까지 합쳐져 불어난 거센 물결을 감당하기란 불가능했다. 더 이상 그들에게 승산은 없다.

카가가강───!!!

부대장이 안간힘을 다해 길을 뚫기 시작했다.

그 순간.

서걱.

혼란 속에서 날카로운 검 소리가 들렸다. 조금 전까지 소리치던 부대장의 목이 바닥에 떨어졌다. 너무 갑작스러운 공격에 엉켜 있던 병사들마저 순간 멈칫하고 말았다.

[히이이이잉……!!!]

병사들 사이로 뛰어든 거대한 물체.

"……말?"

아니, 조금 다르다. 말보다 좀 더 크고 갈기 대신에 날카로운 가시가 주르륵 박혀 있는 동물.

무열이 그걸 보고 눈을 동그랗게 떴다.

'카르곤.'

세븐 쓰론에서 말은 생각보다 구하기 어려운 동물이다. 나중에 거점이 활성화되고 유니콘(Unicorn)이 서식하는 피즐숲을 공략하고 난 뒤에야 개량된 말을 사육할 수 있게 된다.

말 이외에 다른 동물들은 다루기 어렵다.

지금 무열의 눈앞에 있는 카르곤이란 녀석도 말과 비슷하게 생겼지만 성격은 무척이나 호전적이다. 둥근 말굽 대신에 날카로운 발톱이 길게 솟아 있는 녀석은 힘도 좋아서 포획하기도 쉽지 않다.

그렇기 때문에 현실 세계에서 승마를 할 줄 알던 사람들도 거점 상점이 열리기 전까진 뭔가를 탈 생각은 하지 못했다.

"늦었습니다."

반가운 얼굴이 무열에게 말했다.

아직 라이딩 스킬을 구입할 수 없는 시점에서 무열은 자신 이외에 다른 사람이 이런 식으로 몬스터를 탈 수 있을 것이라고 생각하지 못했다.

하지만 그가 간과한 것.

눈앞에 있는 사람은 자신들과 달리 이곳에서 살던 사람이다. 스킬이 필요 없이 이미 능숙하게 카르곤을 탈 수 있는 사람.

무열이 그의 앞으로 내려왔다.

"생각한 것보다 빨리 왔군, 오르도 창."

"근처 마을에서 운 좋게 구할 수 있었습니다. 지금부터 주군의 명을 받들겠습니다."

그가 카르곤에서 내리며 무릎을 꿇고서 무열에게 말했다.

"베이 신, 포기해라."

"네놈……!!"

그는 주먹을 치켜들었지만 그사이 그의 목엔 강찬석의 도끼와 필립 로엔의 창이 닿았다.

"너흰 졌다."

'베이 신은 여기서 죽기에 아까운 인물이다. 지금은 단순한 권사에 불과하지만 3차 전직을 하고 나면 완전히 달라진다. 그때 붙었으면 이렇게 쉽게 이기지 못했겠지.'

1차 직업이 비록 평범할지라도 스킬, 혹은 이후에 얻는 직업에 따라 완전히 달라질 수 있다.

베이 신 역시 필립과 비슷한 케이스로 3차 전직을 하는 과정에서 용상천공(龍狀天功)이란 스킬을 얻고 난 뒤에 권성의 경지까지 오른 인물이다. 하지만 예전 이강호에게 패한 기억 때문에 그 스스로를 권사로 불렀었다.

'어쩌면 지금의 패배로 그는 이번에도 권성이라는 이름은 포기할지도 모르겠군.'

무열은 그런 생각을 하며 씁쓸하게 웃었다.

하지만 이미 끝난 일.

그는 병사들을 향해 말했다.

"베이 신을 포박하라."

강찬석과 오르도 창이 그의 양팔을 묶고 감시했다. 남아 있는 병사들은 자신의 대장이 잡힌 순간 이미 적이라 할 수 없었다.

무열은 주위를 한 번 훑고서 말했다.

"우리의 승리다."

와아아아아아————!!!!

그의 짧은 한마디에 그곳에 있는 병사들이 일제히 함성을 질렀다.

'휀 레이놀즈는 역시 후퇴했군. 승산이 없는 전투는 하지 않으니까. 그가 합세했으면 어떻게 될지 몰랐는데……. 다행이로군.'

필립 로엔이 전투에 가세한 것은 예상외였지만 만에 하나 휀이 보이지 않으면 칸과 알란, 두 사람의 활로를 열어두라고 했던 최혁수의 말 때문에 다행히 그들은 흩어지는 칸과 알란의 병력 대신 베이 신의 부대를 잡는 것에 주력했다.

만약 칸과 알란을 죽일 작정으로 덤볐다면 휀은 결국 움직였을 것이다.

'나는 어느 정도 그의 성격을 알고 있었다. 하지만 이런 정보가 없음에도 필립에게 지금과 같은 지시를 한 최혁수는 확실히 물건이다.'

무열은 여전히 회귀 전 최혁수에게서 보았던, 병사들을 사지로 몰아세우는 잔인함을 상상하기 어려웠다.

'그가 무슨 사연으로 그렇게 된 것인지는 모르겠지만……내가 그를 다룰 수 있다면 미래는 확연히 달라질지 모른다.'

꽈악.

무열은 주먹을 쥔 손에 힘을 주었다.

'아직 해결해야 할 일이 산더미같이 많다. 랭크 업은 물론 이거니와 거점의 안정화, 그리고…….'

다가올 재해(災害)에 대한 대비까지.

하지만 지금 중요한 것. 그건 승리를 만끽하는 것일지 모른다.

무열은 들려오는 함성을 들으며 두 손을 번쩍 들어 올렸다.

와아아아아아아---!!!!

그는 직감했다. 이 함성이 증거라는 것을.

무열.

트라멜을 얻다.

트라멜의 밤은 왁자지껄한 웃음소리로 가득했다.

3거점의 병사들과 트라멜 주둔병들은 이미 오래전부터 동고동락한 사이였기 때문에 서로에 대한 거부감은 없었다. 아니, 이번 승리로 그들의 사이가 더욱 돈독해졌다.

"그때 봤어? 놈들의 당황해하는 표정이란."

"와…… 처음엔 진짜 어떻게 해야 할지 막막했는데 말이야. 요새를 둘러싼 병사의 수가 장난 아니었잖아."

"그렇게 많았던 병사가 하루 사이에 싹 사라지다니……. 이 건 진짜 기적이라고."

800명이 넘는 필립 로엔의 병사들이 트라멜에 합류하고, 북 부의 강자로 불리던 베이 신과 휀 레이놀즈의 병력을 격파한 것이 고작 하루. 그 모든 걸 해낸 강무열의 이름이 그들의 입 에 오르내리지 않을 수 없었다.

"자!! 잡담은 이제 그만!! 모두 내일 훈련을 위해 쉬도록 한다!!"

모여 있는 병사들을 한 번 훑어보며 강찬석이 소리쳤다.

"네!!!!"

자세히 보니 웃고 떠드는 병사들의 얼굴은 여기저기 흙먼 지와 상처들로 가득했다.

"아직까지도 무열 님 얘기로 들떠 있네요."

"그저 승리의 기쁨을 누리는 거죠. 자칫 잘못했으면 트라멜 이 함락되었을지도 몰랐으니까요."

"하지만 아직도 저렇게 들떠 있다니……. 훈련이 제대로 될 지 걱정입니다. 남부에서는 상상할 수 없는 일입니다. 저런 마음으로 보초는 제대로 서고 있는지 모르겠군요."

"걱정 마십시오. 저희들이 단단히 지키고 있으니까요."

오르도 창의 말이 끝나자마자 밖에서 들어오던 강찬석이 슬며시 그를 바라보며 말했다.

두 사람 사이에서 흐르는 기류가 어쩐지 묘했다. 무열이 그 모습을 보고 가볍게 웃었다.

'견제하고 있군, 서로.'

그는 이런 두 사람의 관계가 썩 나쁘지 않을 것 같아 가만히 지켜보기로 했다. 경쟁은 확실히 성장과 이어지니까.

"그래도 이젠 슬슬 분위기를 잡을 필요는 있을 것 같습니다. 앞으로 해야 할 일이 많으니까."

"그렇겠죠."

트라멜 중앙에 위치한 건물 안에는 무열을 비롯해 강찬석과 라캉 베자스, 오르도 창, 그리고 칸 라흐만이 있었다.

탁자를 두고 둘러앉은 그들은 이제 이런 대화가 익숙한 듯 보였다.

라캉 베자스가 먼저 입을 열었다.

"그래도 따님께서 이곳에 계셔서 다행입니다. 덕분에 소문으로만 듣던 낚시꾼이 이렇게 트라멜로 오시다니요."

"아닙니다. 라캉 님 덕에 쉽게 찾았습니다. 천 명이 넘는 요새의 시민 명부를 모두 작성해 놨다니. 감사할 따름입니다."

"별것 아닙니다."

칸 라흐만의 칭찬에 라캉 베자스는 고개를 저으며 대답했다. 하지만 그 말을 하고 나서 그는 자신도 모르게 무열의 안색을 살폈다.

그의 시선이 어떤 이유인지 알기 때문에 무열은 가볍게 웃을 수밖에 없었다.

"미안하네."

"아닙니다. 저 역시 따님을 만난 걸 기쁘게 생각합니다. 제가 그러지 않았습니까, 절 믿으라고."

"허허, 그렇지."

사실 첫날 밤 트라멜에 입성했을 때 라캉 베자스의 명부를 가장 먼저 확인한 것은 바로 무열이었다.

역사를 바꾸기 위해서 쉼 없이 혼자 달려왔지만 사실 그에게도 당연히 존재하는 것.

가족(家族).

세븐 쓰론에 징집되면서 현실에서 같은 장소에 있던 사람들도 랜덤하게 흩어져 소환되었다. 몇몇은 같이 있을 수도 있고 아니면 완전히 떨어질 수도 있는 상황. 그리고 무열은 15년 동안 이곳에서 살아남으면서도 자신의 가족에 대한 소식은 전혀 듣지 못했었다.

그럴 수밖에. 자신이 원하는 대로 움직일 수 없는 병사였으며 원한다 하더라도 갈 수 없는 곳투성이였던 고작 D랭커의 약자였으니까.

찾을 방도가 없다. 그들이 어디로 소환되었는지, 그리고 아직 살아 있는지조차 그는 모른다. 어쩌면 그렇기 때문에 이번에 더 최선을 다해 움직였던 건지도 모른다.

자신이 약했기 때문에 찾을 수 없었다면…… 가장 강해지리라. 누구보다 빠르게.

하지만…….

'결국 종족 전쟁에서 패하면 인류가 전멸한다는 것을 난 알고 있다.'

마음 같아서는 모든 걸 내팽개치고 여기저기 가족을 찾으러 다니고 싶다.

그러나 대륙은 너무 넓다.

지금은…….

'어디선가 꼭 살아 있을 것이라고 믿을 수밖에.'

부모님…… 그리고 여동생.

가족이라는 개인적인 일과 인류의 종속을 건 미래의 전쟁까지. 평범한 그로서는 항상 흔들릴 수밖에 없다. 하지만 흔들림이 있었기 때문에 어쩌면 최선의 결정을 내릴 수 있었던 것일지 모른다.

무열은 고개를 들었다. 이제는 다시 현실을 마주할 때였으니까.

"3거점의 병사와 트라멜의 주둔 병사의 병력 통합은 이제 마무리되었나요?"

"네, 현재 통합된 병력은 총 350명입니다. 세 명의 백인장을 뽑아 세 부대로 나누었고 남은 50명은 수비병으로 배치하였습니다. 3거점의 150명은 각 부대에 똑같은 비율로 배분하였습니다."

"그렇군요. 훈련은 어떻습니까?"

무열의 물음에 강찬석이 고개를 끄덕였다.

"사실상 훈련도 때문에 병력을 나누는 데 시간이 걸렸습니다. 무열 님이 말씀해 주신 훈련법을 통해 훈련한 3거점 병력과 트라멜 주둔병과는 아무래도 차이가 있어서 훈련 시에만 차등 구분하여 훈련하고 있습니다."

"처음엔 힘들 겁니다. 트라멜 주둔병 같은 경우 저의 훈련법에 익숙지 않을 테니."

그의 말에 강찬석이 동감하는 듯 웃었다.

"네, 매일 그 모습을 보고 있습니다."

"후훗……."

탈칵.

그 순간, 문이 열렸다.

"와우!! 여기 트라멜 내부 배치가 진짜 훌륭하네요."

흥분된 목소리로 엄지를 치켜들며 들어오는 사람은 다름

아닌 최혁수였다. 며칠 동안 얼굴을 보이지 않던 그는 이마에 흐르는 땀을 닦으며 활짝 웃었다.

"이거 누가 지은 거예요? 새로운 건물도 몇 개 보이던데…….
진법을 활용하기 딱 좋은데요?"

무열은 최혁수의 말에 고개를 끄덕였다. 그 역시 그걸 느꼈으니까.

진법에 대해서 자세히 아는 것은 아니지만 적어도 다른 사람들보다 훨씬 더 오래 전장을 경험했었다. 게다가 최혁수의 전술과 진법을 몸으로 체험한 유일한 사람이기도 했고.

"라캉 베자스 씨의 뛰어난 도시 설계 능력 때문이겠죠. 건물의 배치와 퇴로, 그리고 길목의 방향까지 정말 훌륭합니다. 이곳 건설자들의 숙련도도 높군요."

"과찬의 말씀이십니다."

라캉은 그렇게 말했지만 어느 정도 자신 있는 표정이었다.

거점이라고 하면 대부분 천막을 만드는 수준에 불과했다. 하지만 이곳은 완성도 높은 건물들이 세워져 있었다.

'이 정도 기술자들이라면 어쩌면 공학 스킬을 얻은 사람도 있을지 모르겠어. 그렇게만 된다면 그걸 만들 수 있을지도 있겠군…….'

무열은 나중에 라캉 베자스가 작성한 명부를 꼼꼼히 살펴봐야겠다는 생각이 들었다.

"그보다…… 진아륜이 늦는군."

"아직 나흘밖에 되지 않았습니다. 치어 기름을 얻는 건 어려운 일이 아니더라도 포스나인에 갔다가 이곳으로 돌아오려면 며칠은 더 걸릴 겁니다."

"하지만 갈까마귀들은 일반인들보다 훨씬 더 빠르다는 걸 자네도 알지 않은가. 무슨 문제라도 생긴 게 아닐지……."

칸 라흐만은 걱정스러운 눈빛으로 말했다.

"흑암(黑暗)이 오고 있으니."

일순간 회의실 안의 공기가 무거워졌다. 유일하게 재해에 대해서 알지 못하는 라캉 베자스만이 그들의 표정을 살필 뿐이었다.

"일단, 저는 공방에 좀 다녀와야겠습니다. 갔다가 리앙제를 보러 갈 테니 여러분도 각자의 일을 하시면 될 것 같습니다. 껍질이 가공된 이후에도 진아륜이 도착하지 않으면 다른 방안을 생각해 보죠."

"으흠…… 알겠네."

"그자는 어떻게 할까요, 주군."

"여전히 같은 태도인가."

"그렇습니다."

오르도 창의 말에 무열은 그럴 줄 알았다는 표정으로 고개를 끄덕였다.

"물도 한 모금 마시지 않고?"

"네."

"정말…… 고집하고는. 그의 처리는 좀 더 생각할 필요가 있겠지만…… 곧 만나야겠지."

"알겠습니다."

건물을 나서며 무열은 생각했다.

'베이 신은 아직 때가 아닌 건가……. 어쩌면 첫 만남부터 틀어진 것일지 모르지. 이강호, 그자는 무슨 수로 그를 영입한 걸까.'

포박된 상태로 진법이 쳐진 감옥에 수감되어 있는 베이 신은 무열에게 붙잡힌 이후 아직까지 고집을 꺾지 않고 있었다.

무열은 이강호의 인성은 몰라도 인재를 영입하는 능력만큼은 정말 탁월했다는 생각이 들었다. 설령 그게 가면이라 할지라도.

'흐음, 이대로 그를 놓아줘야 하는가…….'

고민이 되었다.

그는 필립 로엔 때와는 다르다. 아까운 인재라는 것은 분명하지만 반감을 가지고 있는 상황에서 그를 놓아주는 건 어쩌면 후에 자신을 방해할 적을 풀어주는 것과 같았다.

'일단…… 그녀부터 만나야겠지.'

보글보글.

건물 굴뚝에서 새하얀 연기가 솟아오르고 있었다. 연기는 시작된 이래로 단 한 번도 꺼지지 않았다.

"후우……."

커다란 솥 안에서 끓고 있는 정체를 알 수 없는 액체를 힘껏 젓던 가녀린 팔이 이제야 겨우 멈췄다. 그녀가 있는 방에는 기묘한 풀들이 담긴 그릇이 여기저기 너부러져 있었다.

치익.

몇 개의 약초를 더 집어넣고 나자 녹색이었던 액체는 보랏빛으로 변했다.

"좋아, 이제 마지막이야."

윤선미는 긴장한 표정으로 천천히 타이밍을 쟀다. 지금이 가장 중요했다. 며칠간 공들여 만든 비약이 이 한순간으로 실패할 수 있으니까.

'조금만 버텨…….'

윤선미는 작은 주전자에 담긴 액체 한 방울을 그 커다란 솥에 조심스럽게 넣었다.

퍼어엉……!!

시커먼 연기와 함께 그녀는 황급히 입을 가렸다.

[마녀의 비약 – 악몽(惡夢)]

[제작에 성공하였습니다.]

[마녀술(魔女術)의 숙련도가 12 Point 상승하였습니다.]

'됐다.'

혹여나 실패할까 봐 조마조마한 마음이었지만 걱정과는 달리 눈앞에 둥근 병 하나가 생성되었다.

그녀는 황급히 병 안의 액체를 옆에 누워 있는 리앙제의 입에 흘려 넣었다.

치이이익…….

입술에 닿자마자 액체는 순식간에 기화되어 목과 콧구멍과 귀 안으로 연기가 되어 스며들었다.

[악몽(惡夢)에 중독되었습니다.]

[사용자의 숙련도에 따라 악몽의 유지 시간이 결정됩니다.]

[악몽(惡夢) 효과 : 250시간]

자신의 앞에 생성되는 메시지창을 바라보는 순간 윤선미의 눈동자가 흔들렸다.

끼이익.

그 순간 문이 열리며 무열이 들어왔다. 그는 바닥에 주저앉아 있는 윤선미를 보고는 황급히 그녀를 부축했다.

"어떻게 되었습니까. 혹시……."

"아니요, 성공했어요."

"그렇습니까? 정말 감사합니다."

무열은 떨리는 마음이 이제야 좀 진정이 된 듯 숨을 내쉬며
말했다.

그러나 기뻐하는 그에 비해 윤선미의 표정은 그다지 밝지
않았다.

"임시방편에 불과해요. 서리뱀 풀의 독은 제 비약으로 인해
사라지겠지만…… 이제 더 강력한 독에 중독되었으니……."

윤선미는 이따금 한 번씩 움찔거리는 그녀의 이마를 잡으
면서 말했다.

"매일, 매시간 끔찍한 꿈을 꿀 거예요. 독을 몰아낼 수 있는
독 중에 지금 만들 수 있는 최선이에요."

'악몽(惡夢)…….'

무열은 그 한마디에 그녀가 만든 비약이 무엇인지 단번에
알 수 있었다.

'확실히 강력한 비약이지. 보통 고문에 사용하는 거니까. 해
독제가 없으면 영원히 깨어나지 못한 채 그렇게 꿈을 꾸다 죽
을 수밖에 없는 비약. 그런데 벌써 그걸 만들 수 있다고? 난
이도가 상당한 비약인데…….'

그는 놀란 표정으로 윤선미를 바라봤다. 하지만 그의 눈빛에 담긴 의미를 그녀는 모르는 듯 고개를 갸웃거릴 뿐이었다.

'역시 이강호의 제자가 될 만한 사람이군.'

"하지만 여기까지예요. 서리뱀 풀의 독을 누르고 시간을 벌기 위해 이걸 썼지만…… 악몽의 지속 시간은 250시간. 원래대로라면 그 시간 동안은 리앙제는 죽지 않아요. 꿈을 꿀 뿐이지. 하지만 어린아이가 악몽을 버틸 수 있을까요? 어쩌면 그 전에……."

"이제 어떻게 해야 합니까."

무열은 망설임 없이 그녀에게 물었다.

시간은 벌었다. 이제 그 시간 내에 리앙제를 깨우는 일은 자신이 해야 할 몫이다.

"비약을 해독할 해독제를 만들려면…… 재료가 부족해요."

"부족한 재료가 뭡니까."

"그게……."

그녀는 머뭇거리다 조심스럽게 말했다.

"레시피에 적힌 대로라면…… 만월초라는 꽃잎이 필요해요. 하지만 정작 그게 어디에 피는 건지 저도 몰라서……."

당연한 말이다. 그녀는 비약을 만드는 마녀일 뿐 약초꾼이 아니니까.

물론 숙련도가 올라가면 재료를 찾는 스킬도 생긴다고는

하지만 자세한 건 마녀가 아닌 무열은 알 수 없는 노릇이다.

하지만.

"후우……."

그녀의 말을 듣는 순간, 무열은 자신도 모르게 한숨을 내쉬고 말았다. 그리고 살짝 떨리는 눈동자.

'거기라면…….'

무열은 입술을 깨물었다.

알고 있다. 만월초가 피어 있는 곳.

"선혈(鮮血)동굴."

바로, 자신이 평생에 딱 한 번. 마력을 얻을 수 있었던 기회를 놓쳤던 곳.

"선혈동굴……? 만월초가 있는 곳을 아세요?"

윤선미가 무열의 말에 살짝 놀란 표정을 지으면서 그에게 물었다.

"네, 아마 거기 있을 겁니다."

"다행이네요. 무열 씨께서 알고 계시다니."

"지금은 못 갑니다."

"네? 그게 무슨……."

안도의 한숨을 내쉬는 그녀에게 무열은 차갑게 대답했다.

"선혈동굴은 B랭크 던전입니다. C랭크도 채 되지 않은 사람이 대부분인데 거길 들어가는 건 자살행위입니다."

무열은 그렇게 말하면서 입술을 깨물었다.

'그래, 자살행위지. 하지만 그런 곳을 우리가 들어갔었다.'

잊고 싶지만 잊을 수 없고 절대 잊어서는 안 될 기억을 그는 떠올렸다.

이강호가 최혁수를 영입하기 전, 트라멜을 거점으로 삼고 약 1년 뒤 대륙엔 이상한 소문이 퍼졌었다.

선혈동굴에 드래곤의 피가 있다.

그것을 가지고 뭘 할 수 있는지, 어디에 쓰는지 아무도 모른다. 그럼에도 불구하고 이상하게 소문은 순식간에 대륙을 강타했고 거점을 가진 강자들이 하나둘 그 던전에 관심을 기울였다. 그리고 그 당시 이강호를 비롯해 아이작 백, 디아스에고, 리데른 카트 등 많은 사람이 그곳을 찾았다.

'신기하게 지금 생각해 보면 결과적으로 인간군 4강에 올랐던 나머지 세 사람은 선혈동굴에 관심을 가지지 않았어.'

뜬소문보다는 확실하게 공략할 수 있는 곳을 노리는 게 낫다고 생각한 걸까.

첫 시작은 북부지대 서남부에 위치한 1,500명의 병력을 거느렸던 아이작이었다.

그 당시 B랭커였던 그는 최초 던전의 발견자임과 동시에 선혈동굴에서의 첫 실패를 맞이한 사람이기도 했다.

'그 당시 500명의 병력을 이끌고 그가 호기롭게 던전에 도전했지만 결과는 처참했다.'

무열은 그때의 일이 떠오르는 듯 몸을 부르르 떨었다.

'마지막으로 이강호의 병력이 선혈동굴에 도전했을 때 결국은 던전의 끝까지 도달하는 데는 성공했지만 거기서 드래곤의 피는 찾을 수 없었지.'

그 당시 선혈동굴 공략대의 대장은 B랭커였던 한슨 제일이었다. 이강호가 첫 번째 제자인 강찬석을 자신의 산하에 두고 난 뒤 강찬석과 함께 이강호의 권세에서 활약한 호전적인 성격의 남자.

욕심도 많고 명예욕도 있었던 그는 연달아 많은 강자가 실패하는 던전 공략에 스스로 지원했다.

'하지만 결국 그자도 죽었지. 살아남은 사람은 800명 중 기껏해야 서른 명 남짓.'

그것도 대부분 D~C랭크의 병사였다.

고작 그런 자들이 어떻게 살아남아 던전을 끝까지 갈 수 있었을까?

'대장을 잃고 난 우리는 우왕좌왕 서로 흩어져 버렸다. 드래곤의 피는 찾을 수 없었지만 대신 우연히 발견한 비밀의 방에서 붉은 보석을 발견했다.'

그건 바로, 마정석.

무열은 그게 뭔지 그때는 몰랐다. 그렇지 않고서는 비밀의 방을 찾은 무열이 순진하게 그걸 자신의 선임에게 보고할 리 없었다.

'리카르……. 언젠간 만나겠지.'

빠득.

무열이 그를 떠올리며 이를 갈았다. 단지 마정석을 가져갔기 때문에 그를 원망하는 것이 아니었다. 그가 빼앗은 게 아니니까. 후회스럽지만 자신이 그에게 그걸 보고한 것이니까.

문제는 그 뒤였다. 리카르는 그걸 가지고 그대로 자신들을 남겨둔 채로 선혈동굴에서 도망쳐 버렸기 때문이다.

운 좋게 비밀의 방에서 탈출구를 발견해 동굴을 나가는 동안 몬스터와 만나지 않았지만, 혹여나 던전 안에 리스폰된 몬스터를 단 한 마리라도 만났더라면 자신은 종족 전쟁은커녕 세븐 쓰론에 징집된 지 2년 만에 시체가 됐을 것이다.

'녀석은 이강호의 추격을 피하기 위해 염신위의 산하로 들어갔지.'

하지만 이제 염신위는 세상에 존재하지 않는다.

"무슨 생각을 그렇게 하세요?"

"아…… 아닙니다."

잠시 과거의 회상에 빠져 있던 무열은 윤선미의 말에 고개를 저었다.

"그럼 방도가 없는 건가요? 만월초가 없으면 악몽의 해독제는 만들 수 없어요."

"이건 혼자서 결정할 수 있는 일이 아니군요."

무열은 리앙제를 바라봤다. 낯빛이 붉어졌다가 다시 푸르게 변했다. 어떤 꿈을 꾸고 있는 건지는 모르겠지만, 이마에 맺힌 땀만 봐도 얼마나 고통스러운 것인지 예상할 수 있었다.

"설마…… 포기하시는 건 아니죠?"

"네?"

"절 여기까지 불러왔으면서 이제 와서 겁이라도 나신 건가요?"

그녀는 날카로운 눈빛으로 무열을 바라봤다.

"전 두 사람의 관계가 어떤 건지 모르겠지만 적어도 자신의 이미지를 위해서 아이를 이용하는 거라면 차라리 편하게 보내주세요."

"……."

"그게 최소한 제가 아이에게 해줄 수 있는 일이니까."

"훗."

무열은 윤선미의 말에 가볍게 웃었다. 그 웃음에 그녀는 살짝 얼굴을 붉혔다.

"처음 봤을 때보다 많이 달라지신 것 같습니다."

"……네?"

"뭔가 눈빛이 살아 있다고 해야 할까. 아무튼 무슨 말인지 잘 알겠습니다. 전 리앙제를 포기한다고 안 했습니다."

무열의 말에 윤선미는 고개를 푹 숙였다.

부끄러운 걸까. 어쩐지 그 한마디에 다시 첫 만남의 의기소침한 모습으로 돌아가 버린 듯했다.

"그동안 고생하셨습니다. 선미 씨에겐 감사하게 생각하고 있습니다. 며칠을 밤을 새워서 만든 거니까요."

"……."

"살릴 겁니다."

그가 윤선미의 어깨에 가볍게 손을 얹었다. 손바닥을 통해서 느껴지는 온기에 그녀의 심장이 가볍게 뛰었다.

"그러니 이제 좀 주무세요. 전투를 치르는 동안에도 한숨도 못 잔 거 알고 있습니다."

끄덕.

윤선미는 그제야 긴장이 풀린 듯 잔뜩 힘을 주고 있었던 어깨를 풀었다.

"먼저 가 보겠습니다."

공방을 나서는 무열의 뒷모습을 보던 그녀는 천천히 시선을 돌려 누워 있는 리앙제를 바라봤다.

조금 전의 그 말은 어쩌면 주제넘은 말일지도 모른다. 하지만 이렇게 된 이상 아이를 살리고 싶은 건 자신도 마찬가지였다.

'살아줘, 부디. 날 위해서라도.'

마치 기도를 하듯 그녀는 비약을 만드느라 잔뜩 상한 두 손을 맞잡았다.

마녀가 된 이후, 그녀에게서 죽음은 떼려야 뗄 수 없는 족쇄 같은 것이 되어버렸다. 그런 의미에서 리앙제는 특별했다. 어쩌면 윤선미는 아이를 살리기 위해서가 아니라 자신이 마녀로서 존재할 이유를 찾기 위해 이곳에 온 것일지 모른다.

리앙제.

그녀는 마녀의 힘으로 살리게 될 첫 번째 사람이었다.

"베이 신."

검은 감옥 안.

탄탄한 근육 대신 수척해진 모습의 남자가 고개를 들었다.

"문을 열어요."

"네? 하지만……."

베이 신을 감시하고 있던 강찬석이 무열의 말에 놀란 듯 되물었다.

"괜찮습니다. 애초에 그가 마음먹었다면 이런 창살로 가둘 수 있는 사람이 아니니까."

무열의 말에 베이 신이 그를 바라봤다. 감옥 안으로 스스로 들어온 무열의 모습에 그는 가볍게 콧방귀를 뀌었다.

"어리군."

"난세를 살아가는 데 나이는 중요하지 않죠."

"큭…… 난세? 이 엿 같은 세계를 멋지게 표현하고 싶은가? 영화를 너무 봤군."

베이 신은 무열의 말을 비웃었다. 그러나 무열은 오히려 그에게 더 가까이 다가갔다.

"그렇죠. 그리고 영화에서 포로가 어떻게 되는지도 너무 많이 봤습니다."

"그래, 차라리 죽여라. 네놈 편엔 들지 않을 테니까."

"알고 있습니다. 그런 성격이라는 걸."

단호한 그의 말에 무열은 씁쓸한 표정을 지었다. 베이 신의 성격만큼은 누구보다 자신이 잘 알고 있다. 그의 지휘 아래에서 전투를 한 적도 많으니까.

"그러니 그냥 가셔도 좋습니다."

"……뭐?"

베이 신은 무열의 말을 자신이 잘못 들은 것이 아닌가 하는 생각에 되물었다.

기껏 잡은 포로다. 아니, 포로라기보다 제거해야 할 대상이었다.

그런데 그런 자신을 풀어주겠다고?

"무슨 꿍꿍이지?"

베이 신이 무열을 노려봤다.

"……!!"

하지만 그 순간, 지금까지와는 다른 그의 날카로운 눈빛에 베이 신은 처음으로 등골이 오싹한 기분을 받았다.

"당신보다 급한 일이 생겼거든. 그런데 그걸 해결하고 오면…… 너무 시간이 걸릴 것 같고. 물도 음식도 안 먹는다는데 그냥 이대로 둘 순 없으니 별수 있나. 이 이상 당신한테 신경 쓸 시간, 나한텐 없으니까."

"……뭐?"

"날 귀찮게 하지 말라는 말이다."

꿀꺽.

베이 신은 무열과 눈을 마주친 순간 자신도 모르게 마른침을 삼켰다.

무열이 강찬석을 바라보며 말했다.

"이자를 풀어줘요. 급하게 처리할 문제가 또 있으니까."

그의 명령에 당혹스러운 건 강찬석 역시 마찬가지였다.

"……정말입니까?"

"네, 처리하고 최대한 빨리 회의실로 오세요. 급하게 의논할 일이 있습니다.

"알겠습니다."

당혹스럽지만 명령에 반발은 없다.

베이 신은 강찬석의 이런 태도에 살짝 놀라는 눈치였다.

"이봐."

걸음을 옮기는 순간, 베이 신이 무열의 등을 바라보며 말했다.

"한 가지 묻지. 그 급한 일이란 게 뭐지?"

무열은 고개조차 돌리지 않은 채로 대답했다. 마치 당연한 것인 양.

"내 사람을 구하는 일."

순간, 베이 신은 그의 등이 커 보이는 기분이 들었다. 무열의 한마디에 그의 눈빛은 당혹감과 동시에 이채를 띠었다.

회의실은 무거운 공기가 흘렀다. 누구는 한숨을 내쉬고 누구는 고개를 젓고 있었다. 이유는 단 하나.

"제 얘기는 여기까지입니다."

더 이상 할 수 있는 건 없다. 무열은 조용히 그들의 결정을 기다릴 뿐이었다.

"이 시기에 이건 말도 안 되는 일입니다."

"제 생각도 그렇습니다."

"지금은…… 더 큰 문제가 많지 않은가."

반응은 한결같았다.

'역시…… 그런가.'

큰 그림을 위해서 작은 것은 포기해야 하는 법이란 걸 안다. 하지만…….

콰아앙———!!!

그때였다. 회의실 건물의 문이 요란한 소리를 내며 열렸다.

"저도!! 가겠어요."

그와 동시에 들리는 날카로운 높은 톤의 목소리. 무거운 공기가 일순간 와장창 깨졌다.

"음……?"

"누구?"

검은 로브와 얼굴을 다 가릴 정도로 커다란 챙이 달린 모자를 쓰고 있는 여인의 등장에 모두의 시선이 그쪽으로 쏠렸다.

"으앗……."

호기로운 목소리로 문을 박차고 들어온 것과는 달리 커다란 모자가 얼굴에 푹 들어가 시야를 가리자 그녀는 허둥지둥하며 모자를 끌어 올렸다.

"······선미 양?"

건물 안에 있는 모든 사람이 생각지도 못한 윤선미의 등장에 깜짝 놀라며 그녀를 바라봤다. 그들이 놀란 이유는 이곳에 그녀가 나타나서가 아니라 상상도 하지 못한 그녀의 복장 때문이었다.

호박바지같이 둥글게 부풀어 있는 치마 위로 입은 민소매의 짧은 상의, 그리고 검은 망토가 로브처럼 그녀의 어깨에서부터 전신을 감싸고 있었다.

"허······."

어안이 벙벙한 그 순간, 최혁수의 헛웃음이 터져 나왔다.

그가 입을 가린 채로 윤선미를 향해 말했다.

"혹시 코스프레······? 취미예요?"

"크, 크흠······."

"음음."

그 한마디에 다른 사람들은 민망한 듯 고개를 돌렸지만 은근히 새어 나오는 웃음은 어쩔 수 없는 일이었다.

"그, 그런 거 아니에요."

어느 정도 반응을 예상한 건지 그녀는 창피한 듯 기껏 올렸던 모자를 푹 내렸다.

하지만 그녀의 클래스를 알고 있는 무열만은 그 복장을 보고도 웃거나 하지 않았다. 저 검은 로브에 붉은 피를 수없이 묻혔던 그녀를 자신의 눈으로 봤으니 말이다.

"저도 함께 가겠어요. 어차피…… 다 같이 가실 거잖아요. 안 그래요?"

사람들의 시선에 부끄러워한 것도 잠시, 그녀는 단호한 얼굴로 무열에게 말했다.

그녀의 말에 사람들은 고개를 저었다. '다 같이'라는 말이 어쩐지 계속해서 귓가에 머무는 기분이다.

"주군도 그렇고 이젠 선미 양까지……."

"잔인한 얘기로 들릴지 모르지만, 리앙제는 분명 저희 부족의 소중한 아이입니다. 하지만 아이 하나 때문에 이런 중요한 때에 트라멜을 떠나는 건……."

오르도 창은 마음은 아팠지만 가주로서 누구보다 더 냉정하게 상황을 바라봤다.

"아이 하나 때문? 말 다 하셨어요?"

그가 윤선미를 향해 고개를 돌렸다.

바람이 불면 부러질 것 같은 가녀린 체구와 기껏해야 트라멜 공방에서 뭔가를 만드는 모습만을 봐왔을 뿐이다. 전투에 도움이 될 리가 없다. 자신들도 클리어할 수 있을지 없을지 모르는 던전이다. 발목을 잡을 게 분명하다.

"선미 양도 괜한 생각……."

그 순간.

"고맙습니다."

오르도 창의 말을 끊으며 무열의 입에서 나온 말은 모든 사람의 생각과 정반대였다.

"주, 주군!!"

"진심으로 하시는 말씀이십니까?"

허락이 아니다. 오히려 같이 가줘서 고맙다고 말하는 무열의 모습에 모두가 놀라지 않을 수 없었다.

그런 그들의 마음을 아는지 모르는지 그는 오히려 윤선미를 향해 미소 지었다.

생각지 못했다. 모두가 반대한다면 혼자서라도 갈 생각이었으니까. 그런데 뜻밖의 지원군이 왔다. 그것도…….

'아주 강력한.'

무열은 고개를 돌렸다. 조금 전까지의 수심 가득했던 얼굴이 아니다.

"오르도, 아이 하나가 아니다. 내 사람이다. 내 사람 하나 지키지 못하면서 누굴 지키겠다 할 수 있겠나. 도박이라 할지라도 가능성이 조금이라도 있다면 해야 한다."

"……하지만."

"트라멜을 버리는 게 아니다. 반드시 돌아온다."

그러고는 무열은 윤선미를 향해 가볍게 웃으며 말했다.

"변하셨네요."

"그냥 조금이요."

며칠째 밤을 새운 탓에 피로한 모습이었지만 윤선미는 당당하게 말했다.

"훗…… 당신이 도와준다면."

그는 자신도 모르게 주먹에 힘이 들어가는 것을 느꼈다.

"할 수 있습니다."

윤선미를 바라보며 말했다.

"선혈동굴의 공략을."

31장
선혈동굴

　휘이이이…….

　바람이 부는 길을 따라 걸어가는 한 남자. 베이 신이었다. 그는 몇 번이나 뒤를 돌아보며 저 멀리 보이는 트라멜에 시선을 두었다.

　빠득.

　그의 얼굴은 여러 가지 감정이 뒤엉킨 듯 보였다. 가장 도드라진 감정은 죽음의 위기에서 살아 돌아온 것에 대한 기쁨이 아니라, 아무렇지 않게 자신을 놓아준 것에 자존심이 구겨지며 생긴 '분노'였다.

　'어리석긴……. 트라멜을 차지한 뒤에 가장 먼저 해야 할 건 거점의 안정화와 이후 목표를 정하는 것이다. 고작 꼬마 하나 구하겠다고 시간을 낭비…….'

트라멜에서 나가기 전, 들리는 소문에 베이 신은 기가 막혔다. 자신이라면 그런 어리석은 선택은 하지 않을 것이다. 지금 가장 중요한 건 누구보다 빨리 권좌에 오르는 것이니까.

"……."

하지만 베이 신은 자신의 생각을 끝까지 이어가지 못했다.

머뭇거리는 입술.

'……아직까지 그런 자가 있었나.'

눈앞에서 사람들이 죽어 나가도 아무렇지 않은 세상이다. 타인보다는 자신의 안위를 먼저 걱정할 수밖에 없다. 그렇기 때문에 권좌에 오르려는 것이다.

그런데.

'강무열은 그걸 포기했다.'

자신이라면 절대로 못 할 일이다. 분명 자신보다 훨씬 더 왜소한 체구임에도 불구하고 감옥을 나서는 그의 등이 어째서 그렇게 커 보였을까.

"……."

베이 신은 그때의 그 느낌이 자신이 무열을 인정했기 때문에 생겨난 것이란 것을 부정할 수 없었다.

"미쳤군, 나도."

그는 자신도 모르게 다시 한번 트라멜이 있는 곳을 바라보았다.

털썩.

그때였다. 길목 언저리에서 뭔가가 떨어지는 소리가 들렸다. 황급히 고개를 돌린 베이 신의 눈에 쓰러져 있는 두 사람이 들어왔다.

"이봐, 정신 차려."

그는 쓰러진 남자를 흔들어 봤지만 바짝 마른 입술은 부들부들 떨릴 뿐이었다.

등에 업은 여자의 허리에는 얼마의 시간이 지난 지 모를 정도로 딱딱하게 굳은 피딱지가 덕지덕지 붙어 있었다.

주르륵.

베이 신은 인벤토리에서 수통을 꺼내 그의 입에 가져갔다. 흐르는 물을 몇 모금을 먹고 난 뒤에도 그의 정신은 돌아오지 않았지만 마치 주문처럼 무의식 속에서 되뇌는 말이 있었다.

"트라멜……."

그 순간, 베이 신의 눈빛이 흔들렸다.

"여기군요."

"자네, 신기하게 어디든 위치를 잘 알고 있구만. 낚시꾼인 나도 북부를 모두 탐색하지 못했는데 말이야."

"그냥 운이 좋았을 뿐입니다. 지도 제작의 숙련도를 올리기 위해서 여기저기 돌아다녔거든요."

"허허…… 이런 위험한 곳을 혼자서? 대단하군."

거짓말이었지만 칸 라흐만은 큰 의심 없이 고개를 끄덕이며 받아들였다. 낚시꾼으로서 허술한 모습이라 생각할지도 모르지만 지금까지 보여준 무열의 능력이라면 충분히 그럴 수도 있겠다는 생각이 들었기 때문이다.

"서펀트에 탑승할 수 있는 인원이 제한되어서 이 인원으로 던전을 클리어해야 합니다. 절대 만만한 곳이 아닙니다."

"알고 있네. 자네가 그렇게 얘기할 정도면 위험천만한 곳이겠지."

칸 라흐만은 자신의 앞에 있는 커다란 동굴을 바라보며 말했다. 동굴 입구는 특이하게 끈적한 붉은 점액이 선혈이라는 이름처럼 뚝뚝 떨어지고 있었다.

공략대의 인원은 무열을 포함해서 총 다섯이었다. 강찬석, 오르도 창, 칸 라흐만, 그리고 윤선미까지. 비전투원인 라캉은 공략대에서 제외되어 트라멜을 수비하는 역할을 맡았다.

'이게 현재 가능한 최강의 멤버다.'

최혁수가 왔으면 좋았겠지만 인원 제한도 있었고 윤선미의 강력한 의견 때문에 결국 만일의 사태를 대비해 냉철하게 판단할 수 있는 그는 트라멜에 두었다.

겨우 5명.

500명이 넘는 병력을 이끌고서도 번번이 실패했던 던전이다. 그런 던전을 이 인원으로 클리어한다는 건…… · 불가능에 가까운 도전.

그럼에도 불구하고 무열이 결심을 굳힐 수 있었던 이유는 바로 이들이 가진 능력 때문이다.

강찬석의 타고난 신체 조건, 오르도 창의 검술, 낚시꾼과 마녀가 가진 특이점, 그리고 바로 강무열 자신의 힘을 믿기 때문.

'이들이라면 어중이떠중이로 채운 병력의 수준을 충분히 뛰어넘을 수 있다.'

던전을 클리어하는 데에 가장 중요한 건 숫자가 아닌 호흡이니까.

"살아서 돌아갑시다."

스르릉…….

무열은 뇌격과 뇌전을 뽑았다. 검집에서 뽑히는 두 자루의 검이 내뿜는 날카로운 소리가 그들을 긴장케 했다.

[느낌이 좋지 않다. 조심해라.]

그도 느꼈던 걸까. 침묵을 지키던 쿤겐이 동굴을 향해 가는 무열을 향해 나지막한 목소리로 말했다.

끄덕.

무열은 천천히 동굴 안으로 걸음을 옮겼다.

[선혈(鮮血)동굴 최초 발견자!!]

[특전 확인]

[던전 내 일주일간 스테이터스 습득 증가 10%]

[던전 내 일주일간 몬스터 마석 획득 확률 증가 15%]

[던전 내 근력, 체력, 민첩 버프 15%]

"오호……."

던전에 입성하자마자 생성되는 메시지창에 세 사람은 놀란 듯 자신의 몸 여기저기를 둘러봤다.

그럴 수밖에 없다. 그들은 지금까지 던전을 경험해 본 적이 없을 테니까. 혹여 있다 하더라도 최초 발견자는 되어보지 못했을 터.

단지, 오르도 창만은 그런 메시지창이 뜨지 않아 세 사람을 특이하게 바라볼 뿐이었다.

"이런 기능이 있을 줄은 몰랐군. 이 정도 버프라면…… 할 만할 것 같은데."

"그러게요. 갑자기 힘이 넘치는 기분인데요."

강찬석은 특유의 강인한 근력을 가지고 있었기 때문에 더욱더 체감 효과가 높은 듯 보였다.

하지만 무열의 생각은 달랐다.

'부족해. 최대한 체력을 아끼려면……. 선혈동굴의 크기는 크지 않다. 기껏해야 2개의 층으로 되어 있는 던전. 속전속결로 끝내는 수밖에 없다.'

"선미 씨, 혹시 짚 인형도 만들 수 있으신가요?"

"아, 네. 숙련도가 그렇게 높진 않지만…… 그래도 비약술보다는 높아요."

"그래요?"

무열은 이미 그녀가 악몽을 만들 수 있다는 것을 안다. 그녀는 자신의 숙련도가 낮다고 하지만 절대로 그렇지 않다.

'얘기를 들어봤을 땐 비약을 제조하는 것도 그렇게 많이 해본 것 같지 않은데…….'

그럼에도 불구하고 마녀술 중 중급에 가까운 악몽의 비약을 만들 수 있다는 건.

'역시 재능인가.'

윤선미 스스로는 알지 못해도 그녀는 타고난 마녀의 능력을 갖춘 것이다.

'어쩌면 그렇기 때문에 다른 사람들과 달리 자신의 의지와 상관없이 선택받은 걸지도.'

대륙에 유명했던 마녀는 모두 하나같이 어떻게 자신이 마녀의 직업을 얻었는지 모르는 것이 그 이유일지 모른다.

[짚 인형 – 거절(拒絶)을 제작하였습니다.]

윤선미가 손으로 몇 번 지푸라기를 비비자 5개의 작은 인형이 만들어졌다.

"제가 만들 수 있는 인형 중에 그나마 전투에서 쓸 수 있는 인형이에요."

그녀는 작은 인형을 하나씩 사람들에게 나눠 주었다.

"저주술과는 반대되는 효과를 가진 유일한 인형이에요. 능력은 위험한 공격을 랜덤하게 한 번 막아준다는 거지만……말 그대로 랜덤이라 너무 믿으시면 안 돼요."

무열은 그녀가 건넨 인형을 보며 생각했다.

'호오…… 인형술 중에서 몇 가지 버프 효과를 줄 수 있는 인형이 있어서 그걸 생각했을 뿐인데 이걸 만들 줄이야.'

사실상 짚 인형의 미약한 버프 효과보다 훨씬 더 유용한 능력이다. 짚 인형의 저주를 걸 수 있는 건 한 사람당 하나뿐이기에 중복 효과를 얻을 순 없지만 이것만으로도 충분했다.

"비약술은 보는 사람도 많고…… 제가 하고 싶지 않다 보니 쉬는 시간에 종종 인형을 만들었거든요."

윤선미는 부끄러운 듯 말했지만 무열은 연달아 그녀의 능력에 감탄을 할 수밖에 없었다.

'이 정도라면 그녀의 능력은 거의 B랭크급이라고 해도 과언이 아니다. 잘하면…… 여기서 그녀의 실력을 더 높일 수 있을지도 모르겠군.'

그녀가 자발적으로 나서준 것이 무열로서는 행운이 아닐 수 없었다. 게다가 이번 기회를 통해 온전한 B랭크가 된다면…….

'구름 저주를 쓸 수 있게 된다. 그렇게만 되면 흑암을 막는 데 큰 도움이 되겠지.'

"감사합니다."

무열은 윤선미가 건넨 짚 인형을 가슴에 달고서 고개를 끄덕였다.

일단은 눈앞의 던전부터 클리어하는 것이 가장 중요하다.

자신들에게 부족한 것은 시간.

"만월초는 던전 가장 끝에 피어 있습니다. 지금부터 저를 잘 따라오세요. 길이 복잡하니까."

"표식은 내가 맡도록 하지."

"알겠습니다."

무열은 칸 라흐만의 말에 고개를 끄덕였다.

"던전의 이름대로 이곳에 나오는 몬스터는 모두 흡혈 능력이 있습니다. 단 일격으로도 전신의 혈액을 산화시킬 수 있는 위험한 녀석도 있으니 절대로 닿지 않도록 주의하세요."

"알겠습니다."

500이 넘는 인원이 몰살당한 이유가 바로 이것. 조심한다고 해서 모든 공격을 피할 수 있을 리가 없다.

'내가 선두에서 빠르게 뚫는 수밖에.'

파르르르…… 파르르르…… 파르르르…….

그 순간, 날카로운 벌레의 날갯짓 소리가 들리기 시작했다.

무열이 그 소리에 양손에 검을 들며 외쳤다.

"전투준비!"

차앙-!!!

카드득……!!

그의 말에 사람들은 일제히 자신의 무기를 고쳐 쥐었다. 눈앞에 수십 개의 붉은 구체가 떠다니기 시작했다.

도깨비불처럼 보이는 그것.

지이잉…….

그건 다름 아닌 몬스터의 눈동자였다.

소스라칠 정도로 많은 수의 벌처럼 생긴 거대한 몬스터가 한꺼번에 그들의 앞에 나타났다.

화르륵……!!

무열의 양쪽 검에서 화염이 일었다.

"오르도는 왼쪽을, 강찬석은 오른쪽을 맡는다. 절대로 칸과 선미에게 가시가 닿지 않도록 해야 한다. 모두 다 상대할 필요 없어. 이대로 뚫는다."

"네!!"

"알겠습니다."

전투가 시작됨과 동시에 그의 말투가 변했다. 하나하나 존댓말을 쓰면서 싸울 만큼의 여력 따윈 없었다.

"두 사람은 최대한 우리에게 붙어서 따라오도록."

"알겠어요."

"그러지."

무열은 눈앞에 있는 벌처럼 생긴 몬스터를 바라봤다.

'블러드 비(Blood Bee).'

던전의 첫 관문에 불과하지만 가장 많은 희생자를 내게 만든 녀석이기도 했다.

뒤에 달린 날카로운 가시는 몸에 박히는 순간 순식간에 가시의 길이만큼 인간의 혈액을 뽑아버린다. 가시 하나의 길이는 그리 길지 않지만, 공격 속도가 막을 수 없을 만큼 빨라 순식간에 두세 개가 몸에 꽂힌다면 걷잡을 수 없이 많은 피가 사라지고 만다.

"조심해!!"

블러드 비가 무열을 향해 날아들었다.

무열이 벽을 타듯 옆으로 가로지르고 검으로 바닥을 긁으며 튀어 올랐다.

콰가가각……!!

바닥에 있는 돌들이 그의 검날에 튕겨 쏘아지며 블러드 비에게 사정없이 부딪혔다.

퍽……!!

카아아앙-!!!

돌들이 사방으로 터지면서 부서지자 그 충격에 블러드 비들이 일순간 주춤했지만 그것도 잠시, 녀석들은 더욱더 성난 기세로 날아왔다.

그 순간, 마치 쇠를 두들기는 듯한 날카로우면서도 청명한 소리가 동굴 안을 울렸다.

비연검(飛軟劍) 3식.

돌에 맞아 녀석들이 비틀거리는 사이에 무열이 블러드 비의 배 아래로 파고들었다.

화염을 머금은 그의 검이 블러드 비의 껍질 사이의 연약한 부분에 정확히 박혔다.

[쿠렉…… 쿠레렉……!!!]

목 아래에서 위로 검이 관통하는 순간 녀석이 가시를 이리저리 휘두르며 괴상한 소리를 질렀다.

하지만 그것도 잠시.

화아아악……!!!

전신이 화염으로 불타오르며 껍질이 타는 매캐한 냄새가 진동했다.

무열이 검을 뽑으며 몸을 회전시켰다.

공중에서 타고 있던 블러드 비가 바닥에 떨어지기도 전에 무열의 검이 흩어져 있는 녀석들의 목을 두 동강 내버렸다.

'최혁수의 부재가 아쉽군.'

무열이 검을 휘두르며 생각했다.

사실 인원 선택에 있어서 많은 고민을 했다. 그와 윤선미 중에 누구를 데려가야 할지에 대해서. 다수와의 싸움에서 진법의 효과는 어마어마했으니까.

'선혈동굴의 보스를 잡으려면 그녀의 능력이 더 효율적인 건 맞다. 하지만……'

그건 보스까지 무사히 도착했을 때의 이야기.

부우우우웅……!!!

그 순간, 무열의 검망을 뚫고 날아든 블러드 비들이 일제히 그 뒤에 있는 두 사람을 노렸다.

"이런!!"

오르도 창과 강찬석 역시 벌레들을 상대하느라 정신이 없었다.

"조심……!!"

황급히 고개를 돌리며 소리치려는 순간.

콰아아앙……!!!

"걱정 마세요."

조금 전 무열의 공격을 피해 날아들었던 블러드 비들이 윤선미의 지팡이 아래에서 흘러나오는 묘한 회색의 안개 같은 것에 닿자 몸을 파르르 떨며 바닥에 너부러졌다. 녀석들은 두 사람에게 닿지도 못했다.

마녀들만이 사용할 수 있는 독무(毒霧).

'내가 잠시 잊고 있었군. 그녀가 용단화(龍斷花)라는 걸. 바보 같은 고민이었어. 최혁수를 대신할 만큼 그녀 역시 천재니까.'

그의 모습에 무열은 씨익 웃었다.

"돌파한다."

쿠르르르르……!!!

마치 지진이 일어난 것 같은 진동이 동굴 안을 울렸다.

"후우……."

촤르륵–!!

무열이 뇌격을 허공에 한 번 그었다. 그러자 검날에 묻은 피가 바닥에 선을 그리며 떨어졌다.

사방에 난무하는 몬스터들의 사체.

그의 몸은 온통 땀으로 범벅이 되어 있었다.

'나락바위보다 더 힘들군.'

최초 발견자 버프를 받고 있음에도 불구하고 선혈동굴을 돌파하는 과정은 쉽지 않았다.

"다들 괜찮습니까?"

"네."

"아직 할 만하네. 걱정 말게나."

"따라갈 수 있어요."

고개를 돌리자 지친 기색이 역력한 4명이 보였다.

'생각보단 잘 따라와 주고 있다. 한 단계 높은 랭크의 던전 공략인데도 불구하고 역시……'

무열은 만족스러운 듯 고개를 끄덕였다.

"이만하면 할 수 있을 것 같은데요."

"그래, 빨리 클리어하자구."

"하하…… 알겠습니다."

오르도 창을 제외하고 모두가 역사에 이름을 남겼던 강자들이다. 무열은 그들의 말에 가볍게 웃었다.

'이 공략, 반드시……'

그는 마음을 다잡으며 걸음을 옮겼다.

저벅, 저벅.

그때였다. 조용한 동굴 끝에서 들리는 발소리.

"……음?"

무열이 황급히 고개를 돌렸다. 두 갈래로 나뉘어 있는 입구 한쪽에서 무언가 움직이는 기척이 느껴졌다. 그의 눈썹이 묘하게 꺾였다.

'저건……'

동굴 끝에서부터 서서히 걸어오는 하나의 인영. 정확한 모습은 보이지 않지만 분명 인간과 비슷했다.

'선혈동굴은 괴수형 몬스터로 구성되어 있을 텐데……?'

블러드 비를 포함해서 갑충형인 드레사론 등 많은 몬스터가 서식하는 곳이다. 그러나 던전의 끝까지 가는 동안 단 한 번도 이족 보행 몬스터를 보지 못했다.

'그런데……'

무열이 눈을 가늘게 뜨며 앞을 주시했다.

그 순간.

"……!!!"

붉은 섬광 같은 것이 그들을 향해 뿜어져 나왔고 무열은 그 모습을 보며 외쳤다.

"모두 피해!!!"

콰가가가가가가……!!!!

붉은 섬광이 스파크를 뿜어내며 동굴 안을 질주했다. 그들은 벽으로 몸을 밀착시키며 아슬아슬하게 공격을 피해냈다. 놀랍게도 섬광이 지나간 자리에는 깊은 골이 파여 있었다.

"무…… 무슨."

생각지도 못한 상황에 윤선미는 입술을 파르르 떨며 앞을 바라봤다.

모두의 시선이 한곳에 꽂혔다.

쿵.

어둠 속에서 모습을 드러낸 존재.

중세 기사가 탄탄한 철갑 투구를 쓴 것처럼 갑충의 검은 껍질이 얼굴을 가리고 있었고, 한 손엔 꽈배기처럼 꼬인 커다란 창을, 반대 손엔 두꺼운 방패를 들고 있었다.

들고 있는 무기도 일반적이지 않다. 고목 나무 같은 갈색 빛이 도는 창끝에서 마치 피처럼 붉은 액체가 흘러나오고 있었다.

치익…… 치익…….

조금 전 섬광을 뿜어냈던 게 녀석이 들고 있는 창이었는지 이따금 스파크가 일었다.

얼핏 보면 인간처럼 보이지만 다르다. 반인반수처럼 녀석의 두 다리는 인간이 아니라 켄타우로스의 것처럼 역으로 꺾인 말굽 모양이었다.

[크르르르…….]

숨을 토해내자 검은 껍질 안의 얼굴에서 새하얀 연기가 뿜어져 나왔다.

유황이라도 머금고 있는지 투구 안에서 흘러나오는 매캐한 냄새에 모두가 입을 가리고 말았다.

"저게 뭐야……?"

칸 라흐만은 처음 보는 몬스터의 등장에 떨리는 표정으로 말했다.

그런 의문이 드는 건 다른 사람들도 마찬가지였다.

쩌저적……!!

투구의 아래쪽, 갑옷 같은 검은 가슴이 반으로 갈라지며 그 안에서 거대한 입이 나타났다. 벌어진 입안에는 날카로운 이빨이 나 있었다.

"흡……!!"

그 모습에 깜짝 놀라며 윤선미는 자신도 모르게 숨을 참았다.

공포스러운 그 모습에 모두가 놀라고 있었지만 단 한 명, 무열만은 저게 무엇인지 알고 있는 것처럼 오히려 녀석을 보자마자 인상을 구기고 말았다.

'어째서…… 저게 여기 있는 거지.'

있을 수 없는 일이다.

무열은 믿을 수 없다는 표정으로 녀석을 바라봤다.

빠득.

그는 자신도 모르게 이를 갈며 말했다.

뇌격과 뇌전을 고쳐 쥐며 있는 힘껏 손잡이에 힘을 주자 검날에서 날카로운 스파크가 일었다.

"모두 물러서!!"

콰아아앙……!!!

그 순간, 무열이 녀석을 향해 뛰어 나가며 양손의 검을 교차하더니 날갯짓을 하는 것처럼 쫙 펼쳤다.

화르르륵……!!

그러자 스파크가 터지는 검날 위로 뜨거운 화염이 솟구쳤다. 어두웠던 동굴이 일순간 환하게 변했다. 화진검(火眞劍)의 불꽃이 뜨거운 열기를 뿜어내며 휘몰아쳤다.

타닥-!!

타다다다다---!!!

탄환처럼 쏘아진 무열의 몸이 빠른 속도로 몬스터와의 거리를 좁혀 나갔다. 그가 움직일 때마다 불꽃이 마치 불의 궤적을 만들 듯 두 줄의 기다란 불길이 허공에 화려하게 그려졌다.

"으아아아!!!"

지금까지와는 달리 긴장한 모습이 역력한 무열을 보며 나머지 사람들은 불안한 기색을 감추지 못했다.

"도대체…… 저게 뭐기에."

칸 라흐만은 서두르는 듯한 그의 모습에 이상한 생각이 들었다.

그건, 불안감.

쾅!!

콰가강……!!!

무열의 검이 눈에 보이지 않을 정도로 빠르게 녀석의 급소를 노렸다. 바닥을 차고 올라 다시 한번 벽을 짚고 뛰어 넘으며 괴물의 사각을 노리는 공격.

사방에서 쉴 새 없이 공격했지만 녀석은 자신이 들고 있는 거대한 방패로 사각을 완전히 봉쇄하며 무열의 공격을 막았다.

"몬스터가 아니라 사람과 싸우는 것 같군……."

낚시꾼인 칸 라흐만은 무열과의 접전에서 밀리지 않는 몬스터의 모습을 예리한 눈빛으로 쳐다봤다.

'좀 더……!!'

녀석의 방패를 뚫을 수 없다는 생각에 무열이 뇌격을 양손으로 움켜쥐었다.

강검술(强劍術) 1식.

무게가 실린 육중한 공격이 녀석의 방패를 울렸다. 지금까지 한 발자국도 피하지 않던 괴물이 처음으로 주춤거리며 흔들렸다. 그러나 무열의 표정은 밝지 않았다.

'위험하다.'

쉴 새 없이 공격을 퍼부은 사람은 그였음에도 불구하고 수세에 몰린 얼굴.

어째서일까.

그건 그가 눈앞에 있는 몬스터의 정체를 누구보다 잘 알고 있기 때문이었다.

꽈드드드득…….

검날이 힘겨운 소리를 내며 흔들렸다.

방패 뒤로 보이는 붉은 안광(眼光).

잊을 수 없다. 너무나도 많이 봐왔으니까.

차원이 하나로 합쳐지고 여섯 종족이 하나의 대륙에 모였던 그때에 나타난 여섯 종족 중 하나인 마족의 괴물, '아그마(Agma)'.

몇 년의 시간이 지나고 인간군 권좌의 주인이 정해지고 나서야 나타날 이 괴물이 어째서 이곳, 선혈동굴에 있는지는 알 수 없다. 검병부대 소속으로 이곳을 공략하러 왔을 때에도 이런 녀석을 만난 적은 없다.

엄습해 오는 불안감에 무열은 더욱더 검을 쥔 손에 힘을 주었다.

꽈드드득…….

순간, 근육이 뒤틀리는 듯한 소리가 들렸다. 아그마의 반대쪽 손에 있는 원뿔형의 창날이 점차 더 꼬이기 시작했다.

뒤틀리는 창날을 보는 무열의 눈빛이 흔들렸다.

'아차⋯⋯!!'

너무 오래 시간을 끌었다.

무열이 황급히 방패에서 검을 떼어냈다.

그 순간.

회이이익⋯⋯.

뒤에서 지켜보던 윤선미의 머리카락이 흔들렸다. 바람이 부는 건가 싶었지만 그녀의 머리카락이 뒤에서 앞으로 쏠리듯 뜨는 것을 보며 바람이 앞쪽으로 빨려 들어가는 것이란 걸 깨달았다.

"조심해!!!!!"

무열이 뒤를 향해 소리쳤다.

그 순간, 강찬석과 오르도 창의 시선이 무열과 교차되었다. 설명은 필요 없었다. 그의 눈빛을 읽은 두 사람은 황급히 자신의 무기를 들며 앞으로 치고 나왔다.

콰아아아아앙———!!!!

엄청난 굉음과 함께 무열을 스치며 지나가는 무언가.

조금 전 나선으로 휘던 아그마의 창이 일직선으로 날아갔다.

"흡!!!"

강찬석이 방패처럼 자신의 베틀 액스의 넓은 옆면을 앞으로 향하게 했다. 그 앞으로 오르도 창이 튀어 나가며 녀석의 창을 향해 자신의 검을 휘둘렀다.

"크흑!!!"

오르도 창의 검이 회전하는 드릴에 닿은 것처럼 튕겨 나갔다. 그가 몸의 중심을 잃고 흔들렸다. 그러나 쓰러지지 않고 몇 번이나 더 연사검의 검격으로 창의 기세를 줄였다.

"이제 비켜!!"

강찬석의 외침에 그는 검을 거두고 뒤로 빠졌다.

쿠웅-!!!

베틀 액스의 옆면에 창이 닿는 순간 육중한 굉음이 터져 나왔다.

쿠드득-!!

콰각⋯⋯ 콰각⋯⋯ 콰가가각---!!!

날아가는 창의 기세는 쉽게 멈추지 않았다. 도끼를 든 강찬석의 양팔의 근육이 터질 듯 부풀어 올랐다. 그대로 강찬석의 몸이 주르륵 뒤로 밀리기 시작했다.

"으아아아!!"

드릴처럼 맹렬하게 회전하는 창은 시커먼 연기를 내면서 당장에라도 도끼를 꿰뚫을 기세였다.

"조금만 버티게나!"

그 모습을 본 칸 라흐만이 자신의 허리에서 채찍을 뽑아 던졌다. 채찍은 마치 그물처럼 창을 휘감았다. 마찰음과 동시에 채찍이 회전하는 속도를 줄이기 시작했다.

쿵-!!

결국 회전하던 창이 바닥으로 떨어졌다. 그제야 세 사람은 참았던 숨을 몰아쉬었다. 단 한 번의 공격을 막는 데에도 이 정도의 힘이 들었다. 그들은 어떻게 무열이 저런 괴물과 싸울 수 있는지 놀라울 따름이었다.

"뭐야? 던전 보스라도 되는 건가."

"그렇기엔 장소가 애매하지 않나? 어디서 저런 괴물이 튀어나온 거지?"

"고대 괴물……."

"뭐? 오르도 뭔가 아는 거라도 있는 거야?"

혼잣말로 중얼거리던 오르도 창의 말에 강찬석이 고개를 돌렸다.

"아니, 아는 건 없다. 단지…… 예전부터 남부에 내려오는 벽면에 그려진 고대 벽화가 있다. 거기서 저 괴물과 비슷한 그림을 본 것 같다."

"벽화라……."

칸 라흐만은 오르도 창의 말에 눈빛을 반짝였다.

무열을 통해서 그가 이곳의 토착민이라는 걸 알게 된 이후부터 트라멜로 향하는 여정 동안 오르도 창과 많은 대화를 나

넣었다.

낚시꾼으로서의 탐구심.

토착인들만이 알고 있는 대륙의 역사.

생각해 보지 못했던 이야기에 흥미가 동했다. 하지만 지금은 그럴 시간이 없다.

"모두 준비해."

밀려 나갔던 무열이 검을 고쳐 쥐며 그들의 앞에 서서 말했다.

"다음 공격이 올 거다."

콰즉…… 콰즈즉…….

무열의 말을 기다렸다는 듯 천천히 손을 대각선으로 뻗은 아그마의 팔에서 마치 줄기가 솟아 나오는 것처럼 두 개의 검은 무언가가 서로 엉키듯 말리며 또다시 창의 형태가 되었다.

[스읍…… 스으읍…….]

바람이 빠지는 것 같은 녀석의 숨소리.

그 소리가 들릴 때마다 공포심은 점차 커져 갔다.

[처음 맡아보는 기운이다. 죽음도 아닌 것이…… 마치 오염된 마력 같군. 이봐, 넌 저놈이 뭔지 넌 알고 있나?]

쿤겐이 아그마를 경계하듯 으르렁거리는 목소리로 물었다.

'차원이 열렸을 리가 없다. 그런 전조도 없었으니까.'

여섯 종족이 하나로 합쳐지는 순간은 거의 대격변이라고

불러도 될 만큼 대륙의 모습이 완전히 새롭게 만들어지기 때문이다.

그런데 어째서…… 아무런 전조도 없이, 차원이 합쳐지고 난 뒤에나 볼 수 있는 마족의 괴물이 이곳에 있는가.

알 수 없다.

저벅, 저벅.

아그마가 천천히 걸음을 옮기며 다가왔다.

추측할 수 있는 건 한 가지.

'변했다, 세계가.'

무열의 이마에서 땀 한 방울이 주르륵 흘러내렸다.

"크윽!!"

강찬석의 신음과 함께 그의 몸이 붕 떠올라 동굴 벽면에 박혔다.

"괜찮나!!"

칸 라흐만은 튕겨 나가는 그를 바라보면서도 어떻게 할 수가 없었다. 맹렬하게 퍼부어지는 창극을 간신히 막느라 정신이 없을 정도였으니까.

"제길!!"

그는 자신의 가슴에 달려 있는 약병 하나를 꺼내 들고 있는 채찍에 뿌렸다.

[낚시꾼의 채찍의 강도가 높아집니다.]

[일정 시간 '독(poison)' 속성을 부여합니다.]

[내구도가 감소합니다.]

약물을 뿌린 순간, 그가 들고 있던 채찍의 끝이 마치 검날처럼 날카롭게 변했다. 그가 팔을 들어 휘두르자 채찍은 살아 있는 생명체처럼 아그마의 머리를 파고들었다.

콰앙-!!

그의 채찍 끝이 아그마의 투구를 날카롭게 치고 들어갔지만 녀석의 투구엔 생채기 하나 나지 않았다.

"도대체 뭐로 만들어진 괴물이야?"

칸 라흐만은 자신의 공격을 아무렇지 않은 듯 받아내면서 점차 거리를 좁혀오는 아그마를 보며 욕지거리를 내뱉었다.

"잠시……!!"

그때였다. 뭔가를 준비하고 있던 윤선미의 목소리가 들렸다.

그녀가 들고 있는 작은 지팡이를 두세 번 허공에 돌리자 그녀의 앞에 둥근 구슬 같은 것이 생겨났다.

미스틱 서클(Mystic Circle).

마녀만이 사용할 수 있는 특수한 주문의 구슬인 미스틱 서클은 랭크가 올라갈수록 만들 수 있는 구슬의 개수가 늘어난다.

'아직은 두 개인가…….'

뛰어난 재능이라지만 아직 B랭커가 아니라 전직을 하지 않은 그녀였기에 구슬의 개수는 많지 않았다.

무열이 윤선미에게 소리쳤다.

"구슬을 녀석의 양옆으로!!"

그의 명령에 윤선미가 살짝 놀란 듯 눈을 동그랗게 떴지만 이내 곧 고개를 끄덕였다.

마녀의 능력을 아는 사람은 극히 적다. 아니, 지금까지 꽁꽁 숨겨놓았던 자신의 능력을 무열은 이미 알고 있다는 것에 매번 놀라지 않을 수 없었다.

쇄아아악……!!!

구슬이 약간의 보랏빛을 띠며 아그마의 양옆으로 날아갔다.

파괴의 구슬.

운이 좋게도 한 번에 만들어진 이 구슬은 윤선미가 만들 수 있는 것 중 가장 강력한 파괴력을 가진 구슬이었다.

미스틱 서클은 마녀 고유의 공격 스킬이지만 사실 썩 유용하다고 보기는 어려웠다. 생성되는 구슬의 색에 따라 그 능력과 속성이 달라지기 때문이다.

그러나 2차 전직을 하면 그 속성을 컨트롤할 수 있게 된다. 때문에 윤선미의 가장 강력한 공격 스킬이 되지만 아직까지 그녀는 전투에 미숙한 모습이었다.

'지금 생각해 보면 저런 여자가 어떻게 남부 경기장에서 숨

겨진 2차 직업을 얻을 수 있었는지……. 정말 놀랍군.'

밤의 경기장 이외에 숨겨진, 또 다른 경기장의 비밀.

하지만 전생(前生)의 자신은 가 보지 못했던 그 심연의 장소에서 윤선미는 새로운 직업을 얻는다.

콰아앙……!!!

두 개의 구슬이 아그마의 양쪽에서 폭발하자 녀석의 몸이 처음으로 휘청거렸다. 들고 있던 방패가 움푹 파이면서 찌그러졌다.

생각지 못한 굉장한 위력에 모두가 놀랐지만 무열만큼은 그 약간의 틈도 놓치지 않았다.

"오르도!!"

"넵!!"

그리고 또 한 명. 마치 예전부터 합을 맞췄던 사람들처럼 파고드는 무열의 움직임을 따라 오르도 창이 반대쪽을 달리고 있었다.

촤악……!!!

오르도 창의 쌍검이 교차되며 일순간 싸늘한 공기가 그의 검날에서 느껴졌다.

예기(銳氣).

토착인인 그는 강한 상대를 만나 싸우면서 점점 더 강해지고 있었다.

연사검(軟蛇劍) 2식.

회전하듯 튀어 오른 오르도 창이 구겨진 방패를 들고 있는 아그마의 왼팔을 노렸다.

날카롭게 파고드는 검날이 녀석의 손등에서부터 어깨까지 단번에 치고 들어갔다.

카가가각……!!

검날이 녀석의 팔을 수십 번 그었다.

스킬화가 되어 있지 않아도 오르도 창의 검술은 단연 돋보였다. 이강호가 인간군 권좌를 차지한 뒤에도 전장에서 가장 많이 사용한 검술이 바로 연사검이다. 시간이 지나도 통용될 수 있을 만큼 완성도가 높고 훌륭한 검술이다.

"하압!!!"

그리고 지금 대륙에서 그 검술을 온전히 쓸 수 있는 사람은 오직 오르도 창뿐이었다.

콰아아앙……!!!

있는 힘껏 찔러 넣은 검이 아그마의 어깨 위로 박히는 순간 갑주 사이로 보이는 관절의 빈틈으로 녹색의 피가 터져 나왔다.

[크르르르……!!!]

고통에 찬 포효를 지르며 아그마가 오르도 창을 떨쳐 내려 창을 휘둘렀다. 조금 전과는 달리 눈에 띄게 느려진 녀석의 창이 섬광을 내뿜었지만 오르도의 몸에 닿지 못했다.

쾅!! 콰쾅!!!!!

목표를 잃은 섬광이 허무하게 동굴의 벽면을 부쉈다.

"음?"

오르도가 이상한 느낌에 아그마를 바라봤다. 조금 전 그의 공격으로 생긴 상처에서 부글부글 액체가 끓는 것처럼 매캐한 연기가 솟아오르고 있었다.

[크…… 크륵…….]

그와 동시에 아그마의 몸이 굳은 것처럼 멈춰 섰다.

"후우……."

어둠 속에서 칸 라흐만의 날카로운 채찍의 끝이 어느새 아그마의 어깨에 박혀 있었다. 칸 라흐만이 채찍을 잡아당기자 아그마의 몸이 다시 한번 부르르 떨렸다.

"맛이 어떠냐, 빌어먹을 자식."

그가 씨익 웃었다.

마족의 몸이라도 결국은 생명체. 낚시꾼의 독이 발린 채찍은 외부에선 타격을 주지 못했지만, 그의 강렬한 독이 상처를 통해 내부로 유입된 순간 아그마의 몸이 비틀거렸다.

탓-!!

뇌격과 뇌전이 뿜어내는 날카로운 스파크가 굳어버린 녀석의 목을 베었다.

서걱.

아그마의 머리가 바닥에 떨어졌다.

"좋았어!!"

칸 라흐만이 무열의 공격이 성공하자 환호성을 내질렀다.

치이이익…….

목이 잘린 사체는 검은 연기를 내뿜으며 사라지기 시작했다.

"음?"

어떠한 마석도 아이템도 드랍하지 않고 없어지는 마족의 사체를 낚시꾼인 칸 라흐만은 이상하게 여겼다.

"아이템은 그렇다 쳐도 마석도 떨구지 않다니……. 뭐지? 단순한 몬스터가 아니란 말인가? 무열, 자넨 이게 뭔지 알고 있나?"

무열이 고개를 끄덕였다.

"아그마(Agma)."

"……아그마?"

그의 말을 칸 라흐만이 다시 한번 곱씹었다.

뭔가 더 기다리는 그의 표정에 무열은 낮은 한숨을 내쉬며 대답했다.

"저건 이 세계의 몬스터가 아닙니다. 설명을 하려면…… 복잡하네요. 나중에 하겠습니다. 일단 만월초를 얻는 것부터 생각하죠."

생각보다 시간을 지체했다.

갑작스럽게 나타난 몬스터 때문에 무열의 머릿속도 복잡해지기 시작했다.

'어째서 마족이 나타난 거지. 아직 차원이 합쳐지지도 않았는데……. 다른 세계와 이어질 수 있는 길이 있다는 말인가?'

지금으로서는 알 수 있는 것이 아무것도 없었다.

아직 인간군끼리의 권좌도 정해지지 않은 상태. 아니, 권좌는커녕 2차 전직도 하지 않은 상태에서 혹여 나머지 다섯 종족을 만나게 되는 일이라도 생긴다면…….

무열은 자신이 겪었던 종족 전쟁을 떠올렸다.

'이대로는 이길 수 없다.'

너무나도 빨랐다.

'뭐가 변한 건지 아직 알 수 없다. 혹여나 차원이 합쳐지는 접점이 변한 거라면…….'

자신이 생각한 것보다 훨씬 더 빨리 종족 전쟁이 일어날 수도 있다는 말.

무열은 등골이 오싹한 기분이 들었다.

불가능한 일은 아니다. 자신으로 인해서 확실히 세븐 쓰론의 판도가 전생보다 더 빠르게 변하고 있었으니까.

'시간이 없어.'

무열은 동굴의 어둠을 바라보며 낮은 목소리로 말했다.

"가죠."

끼이이익.

트라멜 안쪽에 위치한 공방의 문이 열렸다.

촛불만이 방을 밝히고 있는 공방 침대 위에 누워 있는 작은 소녀를 바라보며 조금 전 들어온 남자는 아쉬운 목소리를 냈다.

"쩝······. 나도 가고 싶었는데."

그는 다름 아닌 최혁수. 무열의 원정대에 합류하지 못한 아쉬움에 그는 낮은 한숨을 내쉬었다.

모두가 잠든 밤, 공방에 찾아온 그는 의외로 무심한 척하면서도 리앙제를 가장 많이 돌보는 사람이었다.

"이런 꼬마가 무슨 죄라고······."

무열에게 리앙제의 일을 듣고 난 뒤 최혁수는 틈이 날 때마다 이곳을 방문했다.

"민아도 이만한 나이일 텐데."

그는 씁쓸한 표정으로 누워 있는 리앙제를 바라봤다.

최혁수는 자신의 유일한 여동생을, 아니, 유일한 여동생이었던 민아를 떠올리며 말했다. 소아암으로 떠나보낸 지 벌써 몇 년이 지났다. 차라리 이런 세상 보지 못한 게 다행인지도 모르겠다.

리앙제를 보는 순간 최혁수는 세상의 빛을 제대로 느껴보지도 못하고 사라진 여동생이 떠올랐다.

"빌어먹을 광신도들……."

푸른 사자에 대한 소문은 북부에 있으면서 간간이 접했었지만 이런 짓을 하고 다닐 거라고는 생각도 하지 못했다.

'북부에 있다 보면 언젠가 마주치게 되겠지.'

최혁수는 아무런 말도 하지 않은 채 리앙제의 이마에 맺힌 땀을 닦아주며 생각했다.

'그때 대가를 톡톡히 치르게 해주마.'

부르르르…….

"음……?"

지금까지 단 한 번도 반응이 없었던 리앙제의 고개가 흔들렸다.

"이런……."

혹여 자신이 잘못 건드려 그런 게 아닌가 싶어 최혁수는 꺾인 그녀의 머리를 조심스럽게 바로 잡아주려 했다.

그때였다.

"……!!!"

리앙제의 뺨을 잡는 순간, 최혁수는 소스라치게 놀라고 말았다. 잠들어 있는 그녀의 입술이…… 움직인 것이다.

"군단(軍團)……."

목이 말라 갈라지는 목소리로 리앙제가 말했다. 마치 자신의 의지와는 상관없이 움직이는 것 같은 모습.

쿵-!!

"뭐…… 뭐야?!"

화들짝 놀란 최혁수는 자신도 모르게 엉덩방아를 찧으며 뒤로 넘어지고 말았다.

그녀의 몸이 서서히 공중으로 떠올랐다.

좌아아악……!!!

허리가 활처럼 휘더니 마치 실에 매달린 마리오네트처럼 그녀의 몸이 기형적으로 꺾였다.

탁!!

타다닥---!!!

최혁수는 자신도 모르게 본능적으로 그녀의 주변으로 진법의 쐐기를 박아 넣었다.

"어둠이……."

공중에 떠오른 리앙제의 몸이 몇 번 더 그렇게 기형적으로 꺾인 뒤, 서서히 다시 한번 그녀의 입술이 움직였다.

"곧 찾아오리라."

털썩.

그 말을 끝으로 리앙제의 몸이 공중에서 침대로 떨어졌다. 충격의 여파인 것처럼 그녀의 몸은 침대 위에서도 몇 번이나 부르르 떨렸다.

"이봐……!! 괜찮아?!"

최혁수는 황급히 그녀의 어깨를 잡으며 흔들었지만 마치 조금 전 말을 한 것이 믿을 수 없을 정도로 그녀의 몸엔 아무런 힘이 남아 있지 않았다.

여전히 꿈을 꾸고 있다. 꿈속을 헤매고 있다는 말이다.

"이게 도대체…… 무슨 일인 거야."

최혁수는 리앙제를 바라보며 믿을 수 없다는 표정을 지었다.

무슨 꿈을 꾸는지 알 수 없다. 윤선미에게 듣기로 마녀의 비약을 통해서 꾸는 꿈은 일관성이 없으며 한없이 괴로운 것이라고 했었다. 그러나 조금 전 리앙제가 보인 이상 현상은 단순히 악몽의 영향이라고 생각하긴 어려웠다.

무의식이었지만 분명 무언가를 말하고 있었다. 마치……
자신들에게 경고를 하는 것처럼.

"설마……."

최혁수는 자신도 모르게 주먹을 쥔 손에 힘을 주었다.

'예지몽(豫知夢)……?'

꿈속에 갇혀 있는 리앙제가 어쩌면 수많은 꿈의 파편 속에서 뭔가를 잡아낸 것일지도 모른다.

물론 증거는 없다. 믿을 수 있는 건 자신의 느낌뿐.

"어둠이 곧 찾아온다……."

최혁수는 어둠 속에서 불안한 눈빛으로 리앙제의 말을 다시 한번 곱씹었다.

32장
선혈동굴의 주인

"조금…… 더워진 것 같지 않습니까?"

동굴을 걸어가던 강찬석이 항상 가볍게 들던 자신의 도끼가 무거운 듯 바닥에 내려놓으며 말했다.

그는 이마에 맺힌 땀을 훔쳐 냈다.

"후우……. 그러게. 확실히 기온이 올라간 것 같군."

확실히 조금 전과는 달랐다. 전투의 여파로 몸이 뜨거워졌기 때문이 아니다. 무거운 공기 속에 스며 있는 열기는 어느덧 숨이 막히는 듯한 느낌을 줄 정도로 뜨거워져 있었다.

"괜찮아요?"

"네, 버틸 만해요. 걱정 마세요."

무열의 물음에 윤선미는 고개를 끄덕였다.

다른 사람들에 비해서 육체적으로 달리는 그녀는 당장에라도 쓰러질 것 같았다.

"선미 양, 이걸 좀 마셔보게나."

잠시 휴식을 취하던 칸 라흐만이 작은 약병 하나를 꺼내 그녀에게 건넸다. 가슴에 주렁주렁 달려 있던 약병도 이제 몇 개 남아 있지 않았다.

"갈증을 해결하는 데에 좀 도움이 될 거야."

"감사합니다."

윤선미는 칸 라흐만이 건넨 약병을 반 정도 들이켰다. 목을 타고 액체가 넘어가는 순간 그녀는 살짝 놀란 듯 눈을 동그랗게 떴다.

"어때? 시원하지?"

"엇……. 네, 정말 시원한걸요. 어떻게 이럴 수가 있지?"

"하하. 낚시꾼들만 할 수 있는 조잡한 스킬이라네. 별거 없어. 안개풀이라고 오르갈이라는 마을에서 구할 수 있는 건데, 이걸 빻아서 즙을 만들면 오랫동안 차가운 상태가 유지되거든."

그녀는 칸 라흐만의 해박한 지식에 감탄을 금치 못했다. 자신 역시 마녀라는 특수한 클래스로 비약을 조제할 수 있지만 그의 약과는 전혀 다른 것들이었으니 말이다.

"칸 라흐만, 오르갈에 가 본 적이 있으신 겁니까?"

"응? 아아…… 물론이네. 내가 처음 낚시꾼이라는 직업을 얻고 난 뒤에 이어지는 퀘스트가 거기서 하는 것이었거든."

"혹시…… 별다른 일은 없었나요?"

"음? 어떤……?"

무열의 물음에 칸 라흐만이 고개를 갸웃거렸다.

"아닙니다. 아무 일도 없었다면 상관없습니다."

"허허…… 그래. 뭐, 내가 갔을 땐 평범한 약초꾼들이 사는 마을이었네."

"그렇군요."

그의 말에 무열이 고개를 끄덕였다.

'하긴 조금 이른가……. 아직은 나타나지 않았나 보군.'

오르갈.

트라멜에서 서북부에 위치한 작은 마을.

무열이 검병부대에 소속되기 전, 그 작은 마을에 이변이 있었다.

오르갈 뒤쪽에 있는 거대한 산맥인 카나트라 산맥의 주인이자 필드 네임드 보스인 거대한 신록(神鹿), '알카르'.

푸른빛이 도는 털을 가진 커다란 사슴 형태의 녀석이 산맥을 버리고 마을로 내려오면서 서북부 지역에 일대 혼란이 있었다.

그 당시, 서북부에 거점을 가지고 있었던 여러 세력에 의해서 끝끝내 토벌당했지만 그로 인해 서북부 지역은 거의 폐허가 되었었다. 알카르의 사체에서 흘러나온 녹색의 연기 때문이었다. 그것은 산맥의 주인이라는 이름과는 어울리지 않게 너무나도 강한 독성을 가져 그 일대를 완전히 죽음의 땅으로 만들었다. 연기가 사라지는 데에만 무려 1년이 걸렸다.

'알카르의 뿔. 그걸 얻어야 한다.'

히든 스테이터스 중 하나, '정령술(Spirit Magic)'.

보옥, 순금, 아연, 산호 조각, 송곳니, 뿔.

6개의 재료를 모두 모아야 얻을 수 있는 정령술은 어떤 재료를 가지고 합성을 하느냐에 따라서 그 수준이 완전히 달라진다.

델리카와 마찬가지로 알카르 역시 필드 네임드 보스.

즉, 6개의 재료 중 알카르의 뿔은 단연 최상급의 재료라고 할 수 있다.

'녀석이 산맥에 나오기 전에 먼저 잡아야 한다. 잘못했다가는 독 안개 때문에 1년 동안 접근조차 할 수 없을 테니까.'

물론, 아직은 때가 아니다.

무열은 새삼 해야 할 일이 많다는 걸 느꼈다.

"드세요."

윤선미는 칸 라흐만이 준 약을 혼자 마시지 않고 사람들과 조금씩 나누어 먹고는 마지막으로 무열에게 건넸다.

"감사합니다."

얼마 되지 않는 양이지만 차가운 액체가 목을 타고 넘어가
자 기분 좋은 느낌이었다.

"정말 덥긴 덥군……."

칸 라흐만이 자리에서 일어서서 허리를 펴고 말했다.

"사체를 태우고 있어서 그럴 겁니다."

"음?"

"그게 무슨……."

섬뜩한 무열의 말에 세 사람은 살짝 놀란 표정을 지으며 말
했다.

이제 곧 보게 될 그 광경에 무열은 힘없이 웃으며 말했다.

"사람이든 동물이든 상관없이 피를 가진 것이라면 무엇이
든 태우고, 그 피를 연기로 만들어 들이마셔야 하니까요."

무슨 말인지 이해할 수 없어 그들은 무열의 말에 고개를 갸
웃거릴 수밖에 없었다.

당연한 일이다.

무열은 두 자루의 검을 허리에 꽂았다.

"이 앞에."

이제 다가올 몬스터를 향해 그는 걸음을 옮기기 시작했다.

"둥지가 있을 겁니다."

"……둥지?"

"선혈이라는 이름도 이 앞에 있을 녀석의 둥지 때문에 지어

진 거니까요."

그때였다.

걸음을 옮기던 세 사람의 발걸음이 멈췄다.

"이건……."

그들의 앞에는 붉은색의 혈관 같은 문양이 어지럽게 새겨진 커다란 문이 나타났다.

쿠드드드드…….

쿠그그그…….

갑자기 동굴의 입구가 넓어졌다. 건장한 성인 키의 2배는 될 것 같은 높고 거대한 문이 아무것도 하지 않았는데 저절로 바닥에 기다란 줄을 남기며 열리기 시작했다.

"모두 준비."

선혈동굴에 드래곤의 피는 없다. 하지만 그에 못지않은 힘을 동굴의 주인이 있다.

피와 마력의 군주.

"벤누."

[크아아아아아아아아아———!!!!]

귀를 찢어버릴 것 같은 날카로운 비명이 그 순간 그들을 덮쳤다.

벤누.

선혈동굴의 마지막 보스이자 특이하게 마력을 사용할 수 있는 몬스터.

용의 머리를 하고 있지만 이족 보행을 하며 육체적인 능력보다는 마법적인 능력이 강한 괴수였다.

[크르르…… 크르르르…….]

문 안쪽에서 들리는 날카로운 으르렁거림.

이족 보행을 하지만 녀석에게선 인간과 비슷한 모습을 결코 볼 수 없었다.

"우웁……."

윤선미는 자신도 모르게 헛구역질을 했다.

방 안을 가득 채운 기분 나쁜 냄새는 그녀뿐만 아니라 다른 사람들도 참기 어려운 것이었다.

부글…… 부글…….

방 안 여기저기에서 끓고 있는 커다란 솥. 그 안에 담긴 액체들이 부글거리고, 방울이 터질 때마다 새하얀 수증기가 흩어졌다.

"가까이 가지 않는 게 좋을 겁니다. 독성이 있기도 하지만 잘못했다가는 단순한 화상 정도로 끝나지 않을 테니까."

무열의 말에 윤선미는 살짝 놀란 듯 주춤거리며 뒷걸음질 쳤다. 그녀는 조심스레 솥 안을 확인했다. 그리고 정체불명의 뼈들이 떠 있는 걸 보면서 다시 한번 놀라지 않을 수 없었다.

투박하게 생긴 옥좌 위에 앉아 있는 괴물은 무열을 내려다보고 있었다.

'오랜만이군……'

녀석은 특이하게도 자신의 영역에 침범한 그들을 보면서 어떠한 움직임도 없었다. 지금까지 몬스터들은 인간이 나타남과 동시에 달려들었는데 말이다.

무열은 벤누를 바라보며 차가운 눈빛을 지었다.

그는 안다. 녀석이 어째서 침입자인 자신들에게 그 어떤 공격도 하지 않고 기다리고 있는지를.

'자신의 재료가 될 인간에게 최대한 상처를 입히지 않기 위해서였지.'

한슨 제일이 이끈 800명 중에 이곳에 도착한 인원은 500여명. 아이작의 실패를 생각하면 꽤 양호한 상태로 도착했다고 생각했다.

하지만.

그 500여 명 중 30명 남짓을 제외하고 모든 병력이 이곳에서 몰살당해 저 커다란 솥 안의 재료가 되었다.

'한슨 제일 역시 이곳에서 죽었지.'

B랭커였던 그조차 저 괴물에겐 처참하게 찢어발겨져 솥 안의 재료가 되었다.

그 정도로 녀석은 괴물이다.

사실상 무열이 비밀의 방을 발견하게 된 이유도 녀석에게서 도망을 치다가 찾게 된 것이니까.

결국, 선혈동굴은 미공략 상태로 남아 있다가 시간이 흐른 뒤에야 녀석이 토벌되며 공략에 성공한다.

'저기군.'

무열은 벤누의 옥좌 뒤로 보이는 작은 기둥 하나를 바라봤다.

저기가 바로 비밀의 방. 마정석을 얻기 위해선 벤누를 상대할 생각을 버리고 저곳으로 가야 한다.

하지만 그가 찾으려고 하는 건 비밀의 방에 있는 마정석이 아니다. 녀석의 뒤에 가지런히 피어 있는 만월초.

아름다운 은빛의 만월초는 아이러니하게도 생긴 것과는 달리 피를 먹고 자라는 풀이었다.

"저기 보이는 게 만월초입니다."

무열이 손을 들어 가리켰다. 모두의 시선이 그곳으로 쏠렸다.

"오……!!"

"드디어……."

붉은색으로 가득 찬 방 안에서 홀로 은빛의 색을 내고 있는 풀을 보며 모두가 탄성을 질렀다.

당장에라도 달려가서 뽑을 수 있을 것 같은 기분.

강찬석은 자신도 모르게 한 발자국 앞으로 내딛다가 무열의 제지를 받았다.

"그만. 더 들어가면 벤누가 움직일 거니까."

"아……!! 죄, 죄송합니다."

급한 마음에 움직였던 강찬석은 무열의 말에 황급히 뒤로 물러섰다.

"우리가 알아둬야 할 건?"

모두가 선혈동굴의 최초 발견자였다. 그 말은 곧 지금까지 이곳에 온 사람이 아무도 없었으며 자신들이 처음이라는 것. 그럼에도 불구하고 칸 라흐만은 아무렇지 않게 무열에게 물었다. 마치 무열이 이곳에 대해서 잘 알고 있다는 것을 무의식적으로 인정하고 있는 것 같았다.

스릉.

무열은 자신의 검을 뽑았다. 뒤를 돌아보자 이미 모두가 자신의 무기를 잡고 전투태세에 돌입한 상태였다. 대화를 나누고 있는 이 순간에 이미 전투가 시작되었음을 그들은 직감했으니까.

무열은 그들의 모습을 바라보며 고개를 끄덕였다.

"절대로 죽지 말 것."

단순하지만 명확했다.

오르도 창은 그 말에 가볍게 입꼬리를 올렸다.

"언제나 똑같으시군요, 주군께선."

단순히 만월초를 얻기 위해 벤누에게 도전을 하는 것만은 아니다. 그렇다고 벤누를 사냥하고 얻을 수 있는 아이템이 욕심나 녀석을 사냥하려는 것도 아니다.

"오르도, 넌 무슨 일이 있어도 만월초를 손에 넣는 걸 우선으로 해라."

"명심하겠습니다."

"나머지 셋은 나와 함께 벤누를 사냥한다."

아이작 백의 500명, 디아스 에고의 400명, 리데른 카트의 600명, 그리고 한슨 제일의 800명. 이들의 숫자만 합쳐도 도합 2,300명. 하지만 이들뿐만 아니라 더 많은 강자가 선혈동굴에 도전했고 실패했다. 셀 수 없을 만큼의 사람이 이곳에서 죽었다.

"우리가 만약 지금 벤누를 사냥할 수 있다면……."

무열이 선두에서 녀석을 향해 달려갔다.

"수천 명의 사람을 구할 수 있다."

수백 명의 사람도 실패한 일을 고작 다섯 명으로 성공할 수 있을까?

'할 수 있다.'

치기 어린 용기로 도전하는 것이 절대로 아니다. 무열은 가능성을 발견했다. 아그마를 사냥했을 때 말이다.

[크아아아아아아---!!!]

조금 전, 문이 열리며 들렸던 포효와 같은 거친 비명이 터져 나왔다. 옥좌 위에 앉아 있던 벤누가 허리를 곧추세우며 양팔을 벌리고서 소리쳤다.

이건 경고가 아니다.

"으아아아아아---!!!"

하지만 그 외침에 맞서 무열 역시 포효를 내뱉으며 한 치의 망설임도 없이 녀석을 향해 달려갔다.

[ŋφЛИAφχ······ φѢАЛФ······!!!!]

둥지 안쪽으로 들어오자 옥좌 위에 앉아 있던 벤누가 무열 일행을 향해 소리쳤다. 알 수 없는 용족어(龍族語)가 쏟아지며 벤누의 양팔에 붉은 광체가 생성되었다.

"아그마를 상대했을 때를 기억해. 단단한 피부를 가진 몬스터일수록 그 내부는 약하다."

파앗-!!

무열이 뜨거운 열기를 뿜어내는 솥을 지그재그로 피하며 벤누의 옥좌 위로 올라갔다.

[크아이아---!!!]

벤누의 양팔에 생성된 붉은 광체가 무열을 향해 쏟아졌다.

"그리고 그 약점은······."

강검술(强劍術) 1식.

무열의 뇌격과 뇌전이 벤누의 손목 아래를 그었다.

카앙———!!!

단단한 마찰음이 들렸지만 그 순간 벤누의 몸이 움찔거리며 뒤로 물러났다. 아주 미세하지만 긁힌 흔적이 보였다.

'칫…….'

황급히 옥좌에서 벗어나며 자신이 만든 상처를 본 무열이 입술을 깨물었다. 용족 특유의 단단한 외피 안쪽에 숨어 있는 부드러운 피부를 노리고 한 공격이었다. 있는 힘껏 내려친 공격에도 불구하고 고작 얕은 생채기 하나 내는 게 고작이라니.

하지만 그 순간.

촤아아아악–!!!

"그 정도 상처면 충분하지!"

무열의 등 뒤로 쇄도하는 검은 뱀. 아니, 칸 라흐만의 채찍이 살아 있는 뱀처럼 기묘한 움직임으로 벤누의 상처를 노렸다.

퍼어엉……!!

하지만 한 번의 공격 이후 더는 틈을 주지 않겠다는 듯 벤누의 양팔에서 생성된 광체에서 뿜어져 나오는 빛이 채찍의 머리를 태워 버렸다.

시커먼 연기와 함께 독이 발려 딱딱하고 날카롭게 세워진 채찍이 흐물흐물 힘을 잃고 바닥으로 떨어졌다.

"큭……!!"

황급히 채찍을 회수했지만 이미 그 충격의 여파가 전신에 와 닿은 듯 칸 라흐만의 어깨가 들썩였다.

"엄호해!"

무열의 외침과 동시에 강찬석과 오르도 창이 벤누를 향해 튀어 올랐다.

"흐아압!!"

강찬석의 베틀 액스가 바람을 가르며 무서운 기세로 벤누의 얼굴을 노렸다.

부우우웅……!!!

가로로 그어지는 도끼날이 회전하며 다시 한번 세로로 그어지자 엑스 자 모양으로 겹쳐지는 바람의 날이 폭발하듯 뿜어져 나왔다.

그의 1차 클래스는 검사(劍士)였지만 델리카의 베틀 액스를 얻은 후부터는 쭉 도끼를 사용해 왔다.

무열이 그에게 도끼를 준 이유는 그가 2차 전직을 하는 과정에서 B급 에픽템인 대지 속성의 파암부(波巖斧)를 얻어 검사의 상위 버전이자 도끼를 주 무기로 사용하는 부투사(斧鬪士)로 전직하기 때문이다.

하지만 아쉬운 점이 있었다. 오랫동안 사용했던 태도에서 도끼로 무기를 바꿨다는 것.

무기를 사용하는 직업은 그 숙련도에 따라서 스킬의 위력도 달라진다.

만약, 강찬석이 2차 전직 이후부터 도끼를 사용하는 것이 아니라 지금처럼 1차 전직을 한 시점에서 바로 도끼의 숙련도를 올린다면, 그가 2차 전직을 했을 땐 분명 전생과는 비교도 할 수 없는 능력을 보일 것이다.

콰아아앙⋯⋯!!!

격참(擊斬).

두 개의 바람 검을 교차시켜 공격하는 검사의 고유 기술은 원래 무게감보다는 속도에 치중한 스킬이다.

그러나 강찬석의 타고난 근력이 그 안에 포함되자 마치 우레와 같은 폭발이 터져 나왔다.

바람의 칼날이 벤누의 얼굴을 통과해 벽에 박히자 둥지의 벽면이 부서지며 파편들이 떨어졌다.

탁.

거기서 끝이 아니다.

오르도 창은 맹렬한 공격에 벤누의 몸이 잠시 휘청거리는 틈을 놓치지 않았다. 아그마의 어깨를 베었던 것처럼 어느새 옥좌의 뒤로 간 오르도 창이 자신의 쌍검을 뽑아 들고서 뛰어 올라와 있었다.

"흡!!"

짧은 기합 소리와 함께 그의 검이 날카롭게 움직였다.

촤악……!!

촤자자작……!!!

하지만 벤누는 조금 전 공격에 대미지를 입지 않았는지 자신의 뒤를 노리는 오르도 창을 향해 고개를 돌렸다.

도마뱀 같은 벤누의 입이 벌어지자 그 안에서 거미줄 같은 것이 쏟아져 나왔다.

"오르도!! 피해!!"

단순한 거미줄이 아니다. 부패한 사체의 피가 응축되어 만들어진 지독한 독성을 가진 그물이었다.

"크흡!!"

무열의 외침을 듣자마자 오르도 창이 황급히 허리를 꺾었다.

연사검(軟蛇劍) 4식.

그런 와중에도 그는 바닥에 거의 닿을 정도로 몸을 숙여서는 벤누의 아킬레스건을 노리며 검술을 펼쳤다.

치이이익……!!

검날에 베인 상처에서 흐른 피가 바닥에 닿자 부글부글 끓었다. 게다가 바닥에 닿은 거미줄들마저 새하얀 연기를 내며 타들어 가자 그는 주변에 마치 드라이아이스를 뿌린 것처럼 새하얀 연기에 휩싸였다.

벤누의 온몸은 독으로 되어 있다고 해도 과언이 아니었다.

옥좌 아래 있는 솥 안의 사체를 끓인 액체가 그의 생명을 유지시키는 주성분이었으니까.

[크르르르…….]

생명체라기보다는 오히려 실험체에 가까운, 상식을 벗어난 존재. 그렇기 때문에 섣불리 다가갔던 많은 병사가 그의 독에 중독되어 그대로 죽을 수밖에 없었다.

그 당시엔 독에 대해서 능통한 사람은 거의 없었다.

하지만 있다. 지금 이곳엔.

그 1년의 시간이 지난 후보다도 더 독을 사용하는 데에 일가견이 있는 한 사람.

"다들 피하세요!!"

그의 등 뒤로 쏘아지는 두 개의 구체. 아그마 때와는 달리 이번엔 녹색을 띠고 있었고 물풍선처럼 그 안에 들어 있는 액체가 출렁이고 있었다.

맹독의 구슬.

마녀의 5가지 미스틱 서클 중 하나.

퍼엉———!!!!

벤누의 앞에 터진 구슬들 안에 들어 있는 시커먼 독무(毒霧)가 그를 덮쳤다.

[크아…… 크아아아……!!]

고통에 찬 비명을 지르는 녀석의 벌어진 입안으로 계속해서 독 안개가 스며들었다.

눈, 코, 입, 귀 할 것 없이 모든 육체의 구멍이란 구멍을 통해 안으로 빨려 들어가기 시작하는 독.

벤누는 자신의 얼굴을 부여잡으며 비틀거렸다.

"좋았어!!"

칸 라흐만이 그 모습을 보며 주먹을 쥔 채로 소리쳤다.

촤아아악———!!!!!

그러나 그때였다. 독무에 비틀거리던 벤누가 있는 힘껏 연기를 들이마시고는 크게 가슴을 부풀리더니 양팔을 좌우로 쫙 벌렸다. 그러자 옥좌 아래에서 부글부글 끓고 있던 솥 안의 액체들이 일제히 솟구쳐 올랐다.

[ЛНΑφχ……!!!]

다섯 개의 붉은 물줄기는 마치 용의 머리처럼 기다란 곡선을 그리며 무열 일행을 향해 쏟아졌다.

쾅……!!!

콰쾅……!!!

물줄기가 다시 열 개로, 그다음에 스무 개로 갈라지며 둥지 안의 모든 곳을 감싸듯 떨어졌다.

선혈감옥(鮮血監獄).

벤누의 능력 중 하나인 이것은 갈라진 물줄기가 커다란 그물이 되어 주변을 감싸고 그 안에 있는 모든 것을 먹어 치운다.

"오르도!!!"

무열이 그의 이름을 부르며 검을 교차시켰다. 화진검(火眞劍)의 맹렬한 불길이 솟구쳐 올랐다. 화염의 날개를 가진 것처럼, 뛰어오른 그의 등 뒤로 검날을 타고 불꽃이 일렁거렸다.

쾌아아앙―――!!!

일행을 가두려는 물줄기 중 오르도 창을 향해 쏟아지는 하나를 그가 십(十)자 형태로 교차시킨 검날로 막았다. 그러자 시뻘건 액체가 화진검의 불꽃에 타들어 가기 시작했다.

뇌격과 뇌전의 검날이 파르르 떨렸다.

[이토록 지독하고 더러운 사기(邪氣)는 처음이다. 저런 건 마계에서도 존재하지 않을 텐데……. 도대체 저 솥 안에 들어 있는 게 뭐지.]

쿤겐이 성난 목소리로 말했다.

지직…… 지지직……!

그의 분노 때문일까. 화진검을 입은 두 자루의 검에서 무열이 힘을 주지 않았음에도 스파크가 일었다.

"서둘러!!"

간신히 선혈감옥의 한 귀퉁이를 막으며 무열이 소리치자 오르도는 고개를 끄덕였다.

고개를 돌리자 윤선미를 제외하고 나머지 두 사람은 선혈감옥에 갇혀 옴짝달싹하지 못하고 있었다. 특히 강찬석은 이

중으로 감옥에 걸린 것으로 보아 그가 윤선미를 구한 모양이었다.

"크윽……!!"

"이, 이게……."

피의 그물에 갇힌 두 사람은 그곳을 벗어나려 안간힘을 썼지만 물리적인 힘으로 자를 수 없는 감옥에서 그들이 빠져나갈 수 있는 방법은 없었다.

쩌적…… 쩌저적…….

오히려 그물을 베려고 했던 강찬석의 도끼의 날에 끈적한 피가 엉겨 붙어 공격조차 쉽지 않았다.

"주군!!!"

오르도 창의 목소리에 고개를 돌리자 그의 손에 들려 있는 만월초가 보였다.

'됐다.'

가장 중요한 만월초는 구했다.

이제 남은 건 두 사람을 구출하는 일.

"선미 양, 잘 들어요."

무열이 그녀의 앞으로 다가와 섰다.

"저 안쪽에 보이는 기둥 뒤에 작은 방이 하나 있습니다. 숨겨진 방이죠."

"그런데요……?"

"벤누가 만든 선혈감옥은 우리 힘으로 부술 수 없습니다. 하지만 이대로 두었다가는 두 사람이 모두 선혈이 내뿜는 독에 죽고 말 겁니다."

"제가 할 수 있는 일이 뭐죠?"

윤선미는 무열의 말에 떨리는 눈빛으로 두 사람을 번갈아 바라보았다.

"저 안쪽으로까지 들어가는 길을 열겠습니다. 무조건 달려요. 지금 녀석의 공격을 막을 수 있는 건 나와 오르도뿐이니까. 방 안에 함정은 없으니 안심하세요. 안으로 들어가면 가운데에 놓여 있는 탁자 위에 마정석이 있을 겁니다."

"마, 마정석이요……?!"

그녀는 깜짝 놀란 듯 눈을 동그랗게 떴다.

그럴 수밖에. 그녀는 몸을 쓰는 검사나 무투 계열의 직업이 아닌 주문을 영창하고 비약을 만드는 캐스터 계열인 마녀였다. 그런 그녀가 마정석의 존재를 모를 리가 없다. 아니, 누구나 가지고 싶은 욕심이 생기는 물건이 아닐 수 없었다.

"그걸 나에게 가져다주세요. 마력이 담긴 검이 아니면 녀석을 잡을 수 없습니다."

윤선미의 눈동자가 흔들렸다. 그녀는 지금 상태로도 충분히 대단한 재능을 가졌지만 마정석이 있다면 한 단계, 아니, 두 단계나 마녀술을 높일 수 있게 될 것이다.

2차 전직을 하기도 전에 기본 스테이터스가 B랭커급이 될 수 있다는 말.

흔들릴 수 있다. 충분히.

'과연……'

그럼에도 불구하고 무열은 그녀에게 그 사실을 말한 것이다. 이 다섯 명 중에서 가장 마력이라는 것에 대해서 흔들릴 수 있는 사람에게.

끄덕.

그때였다. 윤선미는 그의 말이 끝나자마자 망설이지 않고 바로 고개를 끄덕였다.

"마정석을 가져오면…… 두 사람을 구할 수 있는 거죠?"

"물론."

"알겠어요. 제가 올 때까지 부탁드릴게요."

그녀의 눈동자가 흔들린 이유. 그건 마정석의 존재 때문이 아닌 선혈감옥에 갇힌 두 사람 때문이었다.

피식.

무열은 그 모습에 가볍게 웃고 말았다. 애초에 그런 것에 대한 고민은 없었던 모양이다.

"갑시다."

무열은 그녀의 대답에 더 이상 기다리지 않고 바로 움직였다. 만월초를 품 안에 넣은 오르도 창 역시 자신의 검을 들어 벤누를 향해 달렸다.

팟……!! 파팟……!!!

솥 안에서 뿜어져 나오는 핏물로 만들어진 선혈감옥이 그들을 잡기 위해 다시 쏟아졌다.

무열은 윤선미의 등에 손을 얹고서 밀며 소리쳤다.

"……달려!!!"

33장
마력(魔力)

"주군!!!!"

화르르르륵……!!

두 자루의 검이 번뜩이는 순간 화진검이 격렬하게 타오르며 무열의 앞에 있는 피의 감옥을 베었다.

치이익…… 치이이익……!!!

화염이 닿는 순간 피로 만들어진 그물들이 새하얀 연기를 내면서 타들어 갔다. 하지만 검날의 날카로움에도 불구하고 그물을 완벽하게 끊을 순 없었다. 고무줄처럼 늘어지는 그물은 화염 속에서도 질기게 무열의 검을 붙잡았다.

"후읍……!!"

무열이 기둥 안쪽 비밀의 방을 바라보며 생각했다.

'믿는다, 윤선미.'

"하아, 하아, 하아⋯⋯."

윤선미는 심장이 터질 것처럼 뛴 적은 살면서 지금이 처음이라 생각했다.

불 하나 없는 검은 길을 따라 달리던 그녀는 저 앞에서 빛나는 희미한 불빛을 발견했다.

"여기구나."

탁.

그녀의 발걸음이 멈췄다.

"⋯⋯!!"

동시에 동그랗게 커진 두 눈엔 놀라움이 가득했다.

"이건⋯⋯."

비밀 방은 그다지 크지 않았다. 하지만 벽면을 가득 채운 그로테스크한 장식들. 마치 당장에라도 살아서 움질일 것 같은 가고일 석상과 함께 인간인지 좀비인지 구분하기 어려운 기괴한 동상들이 여기저기 서 있었다.

"우읍⋯⋯."

그녀는 자신도 모르게 뒷걸음질 쳤다. 알 수 없는 공포가 엄습했기 때문이다.

찰싹.

하지만 그것도 잠시. 정신을 차리려는 듯 자신의 뺨을 스스로 때리며 고개를 몇 번이나 젓고 난 뒤에 그녀는 방 안으로 들어갔다.

'밖에서 아직 사람들이 싸우고 있어. 어서 돌아가야 해.'

꽤나 안쪽으로 달려왔지만 전투 소리는 벽을 넘어 여전히 들려왔다.

생사를 건 싸움.

'내가 빨리 가야 해. 내가…….'

그녀는 자신을 다독였다.

짝, 짝, 짝.

그때였다. 갑작스럽게 들리는 박수 소리에 윤선미는 황급히 고개를 들었다.

[이거 대단한걸요. 이 장소에 이렇게 빨리 오다니. 산정된 계획을 완전히 깨뜨리네요.]

"……!!"

기괴한 석상들 사이에서 뭔가 움직임이 느껴졌다.

조금 전 마음을 다독인 것이 무색하게 그녀는 자신도 모르게 마른침을 꿀꺽 삼키며 떨리는 눈으로 앞을 바라봤다.

스윽.

벽에 붙어 있는 가고일 석상에 기대어 있던 그림자가 움직이며 목소리가 들렸다.

[D, C랭커 4명과 토착인 한 명으로 여기까지 올 줄이야……. 정말 대단한걸요.]

존댓말이었지만 그 말투와 목소리는 너무나도 음산해 전혀 그렇게 들리지 않았다.

그림자는 점차 빛 속으로 들어와 서서히 모습을 드러냈다.

[윤선미, C랭커. 랭크는 파티원들 중 제일 높군요, 의외로. 후훗. 클래스 마녀(魔女). 현재 대륙에 존재하는 세 번째 마녀로군요.]

"누…… 누구야!!"

윤선미가 목소리를 향해 소리쳤다.

'무열 씨는 분명히 아무것도 없다고 했는데…….'

테이블 위에 있는 마정석을 가져오기만 하면 된다고 했다. 확실히 그의 말대로 함정은 없었다. 게다가 선혈동굴 최초 발견자인 자신들 이외에 또 누군가 있을 리 만무했다.

[이런…… 그런데 기억을 잃은 적이 있군요. 남부에서 어떻게 북부로 왔는지 왜 마녀가 되었는지……. 오호라, 그것보다 가족과 어떻게 헤어진 건지 기억하지 못하는군요.]

하지만…… 기다리고 있었다. 그것도 인간의 말을 하는 존재가.

[저는 신의 대리자. 때로는 이정표 역할을 하고 때로는 갈림길을 제시하기도 하지요. 하지만 중요한 건 세계를 움직일

만한 역량을 가진 자만이 저와의 조우를 경험할 수 있습니다.]

허리를 숙이며 한쪽 팔로 배를 감싸 예의 바르게 인사하는 남자. 긴 머리카락을 사이로 한쪽엔 검은색의 뿔이, 나머지 한쪽엔 천사의 링과 같은 작은 고리가 떠 있었다.

집사처럼 깔끔한 조끼를 입은 상의와 달리 바지는 피에로처럼 통이 커다란 요상한 모습. 신발은 신지 않았지만 마치 새하얀 신발을 신은 것처럼 백지처럼 하얀 발등이 눈에 보였다.

[두려워하지 마세요. 저는 당신에게 손을 댈 권한이 없으니까. 단지 제의를 할 뿐.]

그가 허리를 꼿꼿이 세우며 웃었다.

눈매가 초승달처럼 변하며 실눈이 되는 그 모습은 너무나도 순박해 보여서 윤선미는 순간 자신도 모르게 긴장을 풀고 말았다.

턱.

그 순간.

단 한 걸음이었다.

그가 발을 떼고 다시 바닥을 짚었을 때.

[마정석을 찾으러 오셨지요?]

하지만 그 한 걸음에 그녀와의 거리가 단숨에 좁혀졌다. 그는 그녀의 코앞에 서서 얼굴을 들이밀었다. 인간이라면 절대할 수 없는 일이었다.

미소를 머금고 있는 그의 아랫입술이 들썩일 때마다 보이는 날카로운 이빨.

[저의 이름은 디아고. 주신 락슈무의 뜻을 대신해 당신에게 제의를 하러 왔습니다, 윤선미 양.]

그는 천천히 허리를 굽히며 손바닥을 들어 올려 뒤를 가리켰다.

[여기, 당신이 원하는 마정석이 있습니다. 순도 100%의 불순물이 섞이지 않은 최상급 마정석이죠. 원래대로라면······ 흠, 한 1년 뒤에나 발견될 거라 예상했는데 여러분이 저희의 예상보다 훨씬 뛰어난 인재인가 보군요. 훌륭합니다.]

디아고의 손이 가리키는 곳으로 윤선미의 시선이 움직였다.

가고일 석상 가장 아래 놓여 있는 테이블 하나.

무열의 말대로 그 위에 검은색의 마정석이 놓여 있었다.

[네, 그냥 편히 가져가시면 됩니다. 저는 아무것도 하지 않으니까요.]

그렇게 얘기했지만 윤선미는 여전히 불안함을 감추지 못했다.

'정체가 뭐지······?'

그녀는 지금까지 수많은 사람을 봤다. 권좌에 오르기 위해 싸우는 사람도 있었고, 죽음이 두려워 숨어서 사는 사람도 있었다. 때로는 광적으로 신을 믿으며 살인도 서슴지 않게 하는 자가 있는가 하면 세계 자체를 배척하며 혼자서 사는 자도 있었다.

'인간이 아냐…….'

그렇다. 어쨌든 그 수많은 부류 모두가 공통적으로 가지는 것은 바로 인간이라는 것.

하지만 윤선미는 디아고를 본 순간 본능적으로 알 수 있었다. 저자는 인간이 아니다. 정말로 신의 대리자라는 말이 맞을지도 모른다.

처음 인류를 세븐 쓰론이라는 무대에 징집시킨 이래로 단 한 번도 모습을 보이지 않았던 인간계 주신 락슈무의 의지를 가진 자. 그와의 만남이라는 건 다른 한편으로는…….

[하지만.]

디아고는 또다시 실눈을 뜨며 지긋이 웃었다.

[굳이 이걸 저 밖의 동료들에게 가져갈 필요가 있을까요?]

몇십억 인구 중 자신에게 주어진 '기회(機會)'일지도 모른다.

"……뭐?"

윤선미의 입술이 가볍게 떨렸다.

그 모습에 디아고는 천천히 엄지손가락을 들어 올려 그녀의 입술을 가볍게 스치듯 훔쳤다.

[말씀드렸다시피 주신의 뜻에 따라 저는 제의를 하기도, 방향을 제시하기도 합니다. 이렇게 비밀의 방에 온 당신에게 락

슈무께서 명명하셨습니다.]

마치 왕이 기사에게 상을 하사하는 것처럼 디아고는 지금 이 말을 하는 것만으로도 영광스러운 듯한 표정을 지었다.

[당신의 직업은 마녀(魔女). 마정석이 있다면 당신은 더 강해질 수 있습니다. 이곳에 있는 그 누구보다도 가장 마정석이 필요하며 어울리는 존재겠죠. 당신에게 있어서 세븐 쓰론에서 살아남기 위한 아주 커다란 힘을 가질 기회입니다.]

"……."

[하지만 단지 이런 일만으로 마정석을 가지라는 건 악마의 속삭임 같은 것이죠. 주신께선 당신 스스로 선택을 하길 바라십니다.]

디아고는 조금 더 윤선미의 곁에 다가갔다. 그리고 속삭였다.

[당신이 마정석을 택한다면…… 그건 세븐 쓰론에서 살아남기 위한 의지를 가졌다고 볼 수 있겠죠. 주신께선 의지를 가진 인간을 좋아합니다. 그런 자야말로 기회를 쟁취할 수 있는 권리가 있으니까요.]

"그, 그게 무슨……."

갑자기 튀어나온 이 정체불명의 남자가 하는 말은 과연 윤선미에게 기회인 걸까, 아니면 유혹인 걸까.

[선미 양, 당신이 마정석을 택한다면…… 그 의지의 보상으

로 락슈무는 당신에게 잃어버린 기억을 되찾게 해줄 겁니다.]

"기억을……?"

[당신이 가장 찾고 싶은 것. 바로, 가족. 그들과 어디서 어떻게 헤어졌는지 기억해 내고 싶지 않으십니까?]

두근.

윤선미의 가슴이 쿵쾅거렸다. 심장이 내려앉는 것 같은 기분에 자신도 모르게 어깨가 들썩였다.

알지도 못하는 이 세계에 혼자 덩그러니 떨어진 것 같은 기분이었다. 분명 가족들과 함께였다는 건 기억하지만 마녀라는 직업을 얻은 그 순간 잃어버린 기억 때문에 그녀는 항상 불안했다.

자신 때문에 몰살당한 마을주민들. 그 안에…… 혹시라도 자신의 가족이 있었던 것이 아닐까.

흐릿한 기억은 모든 것을 불확실하게 만들었다. 그렇기 때문에 확인하고 싶다. 그리고 그게 아니라면…… 찾고 싶다. 가족들을.

마정석을 향해 뻗어가는 윤선미의 손끝이 흔들렸다. 디아고는 그 모습을 보며 가볍게 웃었다.

[나는 신의 대리자. 신의 의지에 따라 당신에게 기회를 주는 것입니다. 기회는 쟁취하는 자의 것이라는 걸 잊지 마세요.]

꽈악.

그의 말이 끝남과 동시에 윤선미는 테이블 위에 놓인 마정석을 움켜쥐었다.

✸

"왜 이렇게 늦는 걸까요? 혹시 무슨 일이라도……?"

쾅-!!

콰아앙———!!!

벤누의 마력이 증가하면서 솥 안에 있는 핏물들이 미친 듯이 요동쳤다.

더 이상 화진검으로도 막을 수 없는 상황이 되자 오르도 창은 다급한 목소리로 물었다.

"무열!! 이대로는 우리 모두 죽을지도 모르네! 차라리 던전을 포기하고 만월초를 가지고 가게나!!"

선혈감옥에 갇힌 칸 라흐만이 소리쳤다. 그물은 점차 줄어들기 시작해서 어느새 움직이지도 못할 정도로 두 사람을 조여왔다. 닿는 순간 살이 타버릴 것 같은 열기와 함께 강한 독성을 가진 감옥은 부술 수도, 없앨 수도 없이 서서히 그들을 죽음으로 몰아가고 있었다.

"크아아아!!!"

오르도 창이 있는 힘을 다해 강찬석의 그물을 부수려고 했지만 오히려 그의 검날만 상할 뿐 아무런 효과가 없었다.

"이봐, 도망가라."

"시끄럽다."

안간힘을 쓰는 오르도를 보며 강찬석이 말했지만 그는 오히려 으르렁거리듯 강찬석을 노려봤다.

"흥, 네가 좋아서 이러는 게 아니다. 주군의 명이 떨어지지 않았다. 놓고 가지 않아."

"너…….."

서로 경계를 하고 경쟁을 하듯 싸운 두 사람이다. 강찬석은 오르도 창의 말에 묘한 눈빛으로 그를 바라봤다.

"이대론 다 죽을 뿐이야!!"

"맞습니다. 뭔가 잘못된 게 틀림없습니다. 이렇게 오랫동안 오지 않는다는 건…….."

칸 라흐만과 강찬석의 말에 무열의 눈동자가 흔들렸다.

"어쩌면…….."

칸 라흐만은 뭔가를 말하려다가 말았다. 차마 이야기하고 싶지 않은 말이었지만 모두의 마음 한편에 있는 불안감.

배신(背信).

하지만 이내 곧 무열은 고개를 저었다.

"오르도, 조금만 더 버틴다. 최대한 그물이 두 사람에게 닿지 못하게 막아!"

"알겠습니다."

오르도 창이 고개를 끄덕였다.

하지만 그 모습에 안에 있는 두 사람이 고개를 저었다.

"더 늦으면 도망칠 수도 없어!!"

"맞습니다. 공략은…… 저희가 아니더라도 다음에 다시 할 수 있습니다!!"

빠득.

"시끄러!!"

무열이 두 사람을 향해 외쳤다. 부릅뜬 무열의 눈을 본 그들은 자신도 모르게 기세에 눌려 입을 다물고 말았다.

그는 가라앉은 목소리로 차분히 말했다.

"믿습니다, 난. 윤선미도, 그리고 당신들도."

"하지만……."

"살아 돌아갈 겁니다."

무열은 그렇게 말하며 검을 들어 칸 라흐만의 선혈감옥을 내려쳤다.

'제발…….'

그 역시 불안감이 없을 수 없다. 하지만 지금은 믿을 수밖에 없다. 윤선미가 돌아오기를. 그리고…….

"무열 씨!!!!!"

둥지 안을 울리는 윤선미의 목소리에 무열은 자신도 모르게 입술을 깨물고 말았다.

"여기!!!"

있는 힘껏 그녀가 무열을 향해 뭔가를 던졌다.

검은빛을 띠는 보석.

[마정석을 획득하였습니다.]

[마정석을 흡수할 수 있습니다.]

[흡수하시겠습니까?]

무열은 일말의 고민도 없이 그것을 움켜쥔 손에 힘을 주었다.

창그랑.

마정석이 산산조각이 나며 부서졌다. 그와 동시에 돌 안에 담겨 있던 가루 같은 연기가 무열의 팔을 휘감더니 그의 전신에 퍼지기 시작했다.

[마정석 - 마력(魔力)을 흡수합니다.]

[마력 포인트의 계수가 변화합니다.]

파앗-!!

무열이 펼친 주먹을 다시 한번 움켜쥔 순간, 몸 안에 흐르는 혈류들이 파도가 치듯 휘몰아치고 심장 박동이 급격하게 빨라짐을 느꼈다.

내부에서 뭔가가 회전하는 것같이 가슴을 중심으로 소용돌이가 생성되는 기분.

콰드드득……!!

그가 그 힘을 받아들이며 눈을 뜬 순간, 뇌격과 뇌전에서는 지금까지 스파크와는 전혀 다른 푸른빛의 광체가 검날에 떠돌기 시작했다.

그와 동시에 나타나는 메시지창 하나.

[마력 생성이 완료되었습니다.]

비밀의 방.

가고일 석상 아래의 디아고는 머리를 긁적이며 헛웃음을 지었다.

[이것 참…… 한 방 먹었네요. 꼴이 우스워졌습니다. 뭐…… 재미있네요. 보고 계십니까. '이번'엔 당신의 생각이 틀렸네요, 어머니.]

그는 윤선미가 달려간 입구를 바라보며 흥미로운 눈빛으로 위를 향해 낮은 목소리로 중얼거렸다.

　[강무열…….]

　[정말 후회하지 않을 자신 있습니까?]

　디아고가 윤선미를 향해 물었다. 마정석을 들고 있는 그녀
는 고개를 끄덕였다. 그러자 그는 이해할 수 없다는 듯 되물
었다.

　[이걸 가지면 가족의 일을 알 수 있는데도?]

　"눈앞의 동료를 버릴 순 없어요."

　[동료……? 훗, 당신과 알고 지낸 지 도대체 얼마나 되었다
고 그런 말을 하죠? 당신의 가족보다 저 사람들이 더 소중한
가요?]

　디아고의 말은 그녀의 가슴을 후벼 팠다.

　가족(家族).

　어떻게 비교할 수 있겠는가.

　그러나 두 손으로 마정석을 움켜쥔 그녀는 결심한 듯 말
했다.

　"비켜주세요."

　치이이익…….

그녀의 주위로 독기를 머금은 안개가 흩뿌려졌다.

"그렇지 않으면 가만있지 않겠어요."

마녀의 독무(毒霧)를 보자 디아고는 피식 웃었다. 그런 것 따위는 자신에게 해를 끼칠 수 없다. 그러나 그것과는 별개로 그는 윤선미의 기세가 놀랍다는 표정을 지었다.

[걱정 마세요. 아까도 말했지만 나는 당신들에게 손을 댈 권한이 없으니까. 비켜드리는 것쯤이야 어려운 일이 아니죠. 하지만.]

비밀의 방을 나서려는 윤선미의 발걸음이 멈췄다.

[당신에게 이 이상의 기회는 없을지도 모르겠군요. 대륙은 넓습니다. 어쩌면 영원히 가족을 못 만날지도 모르겠네요. 기억이 돌아오면 찾을 수 있을 텐데 말이죠.]

꽈악.

윤선미는 마정석을 쥔 손에 힘을 주었다.

파르르 떨리는 가녀린 어깨를 보며 디아고는 씨익 웃었다. 고민하고 있는 게 틀림없다.

그럴 수밖에. 이 얼마나 달콤한 유혹인가.

그 모습이 즐거운지 디아고의 날카로운 송곳니가 번뜩였다.

그때였다.

"닥쳐."

[……]

생각지도 못한 윤선미의 말에 웃음이 만연했던 디아고의 표정이 굳어졌다. 고개를 돌린 순간, 지금까지와는 달리 단호한 표정으로 그녀가 말했다.

"살인자가 돼서 가족을 볼 순 없으니까."

그 한마디를 남기고 달려가는 그녀의 뒷모습을 보며 디아고는 허탈한 웃음을 지었다.

[이것 참…….]

웃고 있던 그의 표정이 굳어졌다.

[뭐라는 거야. 미친년.]

부르르 떨리는 건 더 이상 윤선미의 어깨가 아닌 디아고의 주먹이었다.

굴욕이었다. 억겁의 시간을 살아오면서 지금 같은 경우는 처음이었으니까. 고작 인간 따위가 자신의 유혹에서 벗어났다는 걸 인정할 수 없는 눈치였다.

[규약만 없었어도…… 저런 것 따윈.]

콰앙-!!

조금 전까지의 친절했던 말투는 어디로 간 걸까.

손을 올려놓았던 가고일 석상이 산산조각 나며 부서졌다.

[이번은 당신의 예상이 틀렸네요, 어머니.]

그는 위를 쳐다보며 알 수 없는 말을 내뱉었다.

시커먼 연기가 다시 한번 그의 몸을 감싸더니 어느새 비밀의 방엔 처음부터 아무도 존재하지 않았던 것처럼 아무것도 남지 않았다.

❖

"후우……."

무열이 숨을 토해냈다. 유황을 집어삼킨 것처럼 그의 입에서 새하얀 연기가 숨을 쉴 때마다 흘러나왔다.

[마정석을 흡수하였습니다.]

[마력이 비약적으로 증가합니다.]

[마력이 250 Point 상승하였습니다.]

[마력 운용법의 록(Lock)이 해제됩니다.]

세븐 쓰론에서 마력을 익히는 방법은 두 가지다.

마정석 자체를 흡수하는 것, 혹은 마나법을 익히는 것.

마정석을 흡수하는 건 마력을 몸 안에 직접 주입하는 것과 마찬가지기에 단시간에 마력을 획득할 수 있는 장점이 있지만 반대로 그 힘을 흡수하지 못한다면 오히려 역효과가 있을 수 있는 양날의 검이다.

반대로 마나법은 시간이 걸리지만 안정적으로 마력을 얻을 수 있다.

그러나 문제는 마나법의 획득 방법.

북부 지역에서도 최북단의 빙결지대에 존재하는 상아탑에서만 얻을 수 있는데, 그곳에 들어가는 방법 자체가 쉽지 않다.

상아탑의 주인(主人).

인류 최초의 8클래스 마법사인 데인 페틴슨.

그가 나타나기 전까지 상아탑은 공략이 불가능한 곳이었으니까.

어쨌든 무열이 가진 과거의 정보에서 마력을 얻을 수 있는 방법은 선혈동굴의 마정석이 유일했다.

"괘…… 괜찮으십니까?"

오르도 창이 불안한 표정으로 무열을 바라봤다.

단 한 번의 기회.

목숨을 걸어야 할 만큼 위험한 도박을 할 수 있었던 이유는 단지 사람들을 구하기 위함만은 아니었다.

믿는 것이 있었다.

바로, '룰 브레이크(Rule Break)'.

최악의 상황에서 마력이 역류한다 하더라도 그가 가진 능력이라면 위기를 뒤엎을 수 있다. 더 이상 바보같이 선택에 의한 실수로 후회하지 않을 자신이 있기 때문에 도박처럼 보이는 이것도 그는 망설임 없이 할 수 있다.

전생과는 다르다.

그리고…… 그 결과는 그의 예상대로였다.

콰아아아앙———!!!!

뇌격과 뇌전의 주위에 생성되었던 구체들이 합쳐지자 폭발하는 것처럼 푸른색의 검기가 뿜어져 나왔다.

마력의 운용법은 다양하다. 그중에서도 무열은 자신이 가장 잘할 수 있는 방법으로 마력을 사용했다.

마나법을 익히는 것처럼 누가 가르쳐 주는 것이 아니다. 이건 방법이라기보다는 본능에 가까운 것이다.

푸른빛의 검기 위로 생성되는 붉은 화염이 마력과 합쳐지며 마치 도깨비불처럼 보랏빛의 불꽃이 되어 일렁이기 시작했다.

'이게…… 마력인가.'

무열은 자신의 몸 안에서 뜨겁고 충만한 기운을 느낄 수 있었다. 지금까지와는 전혀 다른 힘. 250이라는 마력 포인트가 얼마만큼의 양인지 무열도 가늠할 수 없었다.

단지.

'지금이라면…….'

무열이 뜨거운 기운이 잔뜩 담긴 숨을 다시 한번 토해내며 옥좌 위에 있는 벤누를 바라봤다.

'벨 수 있다.'

스윽.

무열은 자세를 잡았다. 머리 위로 검을 들어 올리는 아주 단순한 동작. 하지만 그 간단한 모습에서 오르도 창은 다가갈 수 없는 위압을 느꼈다.

서걱.

굉음은 없었다. 단지 벨 뿐이었다.

강검술(强劍術) 2식.

맹렬한 힘을 가진 강검이 이토록 깔끔하고 날카롭게 변할 수 있을까.

그의 검이 움직일 때마다 보랏빛의 화염이 궤도를 그리듯 선명하게 보였다.

펑!! 펑…… 펑!!!

무열의 주변에 있던 선혈감옥들이 물풍선이 터지듯 터지면서 흐물흐물 흘러내렸다.

"……!!"

강찬석과 칸 라흐만은 자신을 조여오던 감옥이 너무나도 간단히 파괴되는 것을 보며 놀라지 않을 수 없었다.

윤선미는 그 모습을 보며 잠시 흔들리는 마음을 다시 바로 잡았다.

"조심하세요!!"

옥좌 위의 벤누를 바라보던 그녀가 소리쳤다. 하지만 그 소리보다 더 먼저 무열은 움직이고 있었다.

좌아아악———!!

벤누의 솥에서 뿜어져 나오는 핏물들이 무열을 잡으려고 쏟아졌지만 그보다 더 빠르게 그는 옥좌를 향해 달려갔다. 마치 몸 안에 있는 힘을 쓰지 않으면 폭발할 것같이.

그는 지금까지와는 전혀 다른 이 힘을 한계까지 끌어올렸다.

타닥- 팟- 파다닷———!!

눈으로 좇을 수 없을 정도로 빠르게 무열은 지그재그로 선혈감옥을 피하곤 벽을 차며 뛰어올랐다. 허공에서 몇 바퀴 공중제비를 돌아 상공에서 방향을 꺾은 무열이 벤누의 앞에 착지했다.

그 순간.

[ΗΛφχ…… φΗΛЛΦ……!!!!]

벤누의 주변에서 검은 마력이 뿜어져 나왔다. 반원의 형태로 녀석의 주변에서 생성된 마력 폭풍이 무열을 밀어냈다.

콰앙……!!!

1톤 트럭이 전속력으로 부딪친 것처럼 강렬한 충격과 동시에 무열의 몸이 휘청거렸다. 무릎을 꿇고 있던 그가 자신의 뒷발치에 소검을 박아 넣고는 발판처럼 밟으며 뒤로 밀려 나가는 걸 막았다. 소검이 부러질 듯 휘었다.

크가가가가가———!!!

두 손으로 검을 잡고서 무열이 있는 힘껏 검은 마력을 향해 검을 베었다. 날카로운 스파크가 사방에 튀었다.

결코 검이 부딪치고 있는 것이 아니었음에도 터져 나오는 굉음들.

마력 대 마력의 싸움.

"흐아압⋯⋯!!!!"

무열이 있는 힘껏 검을 찍어 눌렀다.

강검술(强劍術) 1식.

그의 검이 튕겨 나갔다. 하지만 무열은 포기하지 않고 다시 한번 검술을 펼쳤다.

강검술(强劍術) 2식.

아니, 정정해야 한다. 마력 대 마력의 싸움이 아니다. 무열에게는 지금 막 얻은 마력이 전부가 아니었으니까.

검(劍).

전생에 죽기 전까지도, 그리고 회귀를 한 지금까지 단 한 번도 놓지 않은 하나. 15년이란 세월 동안 비록 대단치 못했다 하더라도 그를 살아 있게 해준 유일한 힘.

그 힘에 단지 마력이 더해진 것뿐이다.

콰아앙———!!!

몇 번이나 검을 내려친 걸까.

무열이 온몸에 불에 지진 듯한 화상을 입었다.

"주군!!!"

옥좌 아래에 있는 네 사람은 안타까운 눈으로 그 모습을 바라볼 수밖에 없었다. 벤누의 마력 폭풍 속에서 살아남을 수 있는 사람은 같은 마력을 가진 무열뿐이었으니까.

그때였다. 마지막으로 다시 한번 마력 폭풍을 향해 검을 내려치는 순간 무열의 눈앞에 나타나는 메시지창.

[강검술 : 100% 도달!!]

마지막으로 상태창을 확인했을 당시에 95%였던 강검술의 마스터리가 상승했다. 마력 폭풍을 깨기 위해 검술을 펼친 결과였다.

[상위 식(式)을 사용할 수 있습니다.]
[강검술 3식이 해제되었습니다.]

그 순간 무열의 눈빛이 달라졌다. 지금까지와는 달리 검 손잡이 위쪽을 쥔 왼손을 펼쳐서 얹어놓듯 비스듬하게 손목을 꺾었다.

'이거다.'

강검술(强劍術) 3식.

지금까지 사용했던 1, 2식과는 다르다.

무열이 검을 내려 자신의 허리 옆으로 끌어모았다. 연습 따 윈 필요 없었다. 망설임 없이 뒤로 힘껏 팔을 있는 힘껏 잡아 당긴 후 그대로 앞으로 검을 내질렀다.

콰아아아아앙……!!!

뇌전의 검극이 배리어 같은 반원의 마력 폭풍을 닿는 순간 엄청난 폭발이 일어났다. 그와 동시에 마치 유리가 깨진 것처 럼 산산이 부서지는 조각들.

3식(式).

그건 극점을 노리는 검술.

바로, 베기가 아닌 '찌르기'.

탁.

검을 뻗은 자세 그대로 무열의 몸이 질주하듯 마력 폭풍을 뚫고 멈추었다.

검날에 스며든 마력이 마지막 힘을 다한 듯 사라지자 붉은 화염만이 남았다.

[……]

단단한 껍질로 덮여 있던 벤누의 목덜미에서 가느다란 붉 은 실선 하나가 서서히 나타났다. 껍질이 갈라지고 붉은 상처 가 벌어졌다.

단 한 번의 공격.

굳어버린 듯 움직이지 않고 우두커니 서 있는 벤누를 보며 모두가 숨을 죽였다.

주르륵…….

녀석의 목덜미에 난 상처에서 피가 흘렀다. 그러나 너무나도 작은 상처라 사람들은 무열의 공격이 무위로 돌아갔다고 생각했다.

칙…… 치익———!!!

하지만 그 순간, 상처가 점차 커지더니 마치 잡아 뜯긴 것처럼 구멍이 뚫린 목에서 분수처럼 피가 뿜어져 나오기 시작했다.

녀석은 믿을 수 없다는 표정으로 무열을 바라봤다.

쿵.

하지만 기껏해야 몇 초.

벤누의 몸이 무너지며 바닥에 쓰러졌다.

수천 명의 사람을 잡아먹었던 선혈동굴의 주인의 최후는 생각했던 것보다 허무했다.

아니, 그만큼 무열의 검이 강했던 것일지도.

"저게……."

"마력의 힘인가."

"엄청나다……."

압도적인 강함.

자신들을 죽음의 문턱까지 데리고 갔던 괴물의 목을 단 일
격에 날려 버린 무열을 바라보며 입을 다물지 못했다.

둥지 안은 고요했다.

철컥.

무열이 두 자루의 검을 검집에 밀어 넣는 소리만이 옥좌 위
에서 들릴 뿐이었다.

그리고 또 하나.

그들의 앞에 조용히 생성되는 한 줄의 메시지창.

[선혈동굴 공략에 성공하였습니다.]

[최초의 공략자]

[보상 확인]

[일주일간 스테이터스 습득 증가율에 따른 남은 시간 내의 보상 수
치를 환산, 던전을 나갈 시 특전 대신 모든 스테이터스가 영구적으
로 5% 증가]

[던전 내 일주일간 몬스터 마석 획득 확률 증가에 따른 남은 시간
내의 보상 수치를 환산, 보상 상자를 확인하시기 바랍니다.]

무열이 벤누를 쓰러뜨리자 각종 메시지창이 생성되었다.
오르도 창을 제외한 나머지 세 사람도 그걸 읽느라 정신이 없
었다.

우우우웅.

벤누의 사체 옆에 작은 상자 하나가 생성되었다.

'이게 보상 상자인가 보군.'

무열이 상자에 손을 가져가자 나무 상자가 열리며 새하얀 빛이 뿜어져 나왔다.

[상급 마석(x50)을 획득했습니다.]

[중급 마석(x220)을 획득했습니다.]

[하급 마석(x350)을 획득했습니다.]

[마석은 획득자에게만 수치가 제공됩니다. 독점할 수도 있으며 사람들과 자동적으로 분배받을 수 있습니다.]

무열은 메시지창을 바라보며 피식 웃었다. 고민을 할 이유가 없었으니까.

"공유한다."

[상급 마석(x10)을 획득했습니다.]

[중급 마석(x44)을 획득했습니다.]

[하급 마석(x70)을 획득했습니다.]

그의 말이 끝남과 동시에 상자 안의 빛이 다섯 갈래로 나뉘며 옥좌 아래에 있는 사람들에게로 빨려 들어갔다.

인벤토리가 있는 사람들과 달리 오르도 창은 자신의 앞에 떨어진 마석들을 보며 고개를 들었다.

"네 몫이다, 오르도."

크고 작은 마석들이 잔뜩 떨어져 있는 걸 보며 그는 무열의 말에 난감한 듯 가볍게 미소를 지었다.

"제 몫은 필요 없습니다. 주군께서 써주시기 바랍니다."

"다 같이 목숨을 걸고 공략한 던전이야. 네 몫이 필요 없다는 게 말이 돼?"

"맞아요. 가져가세요."

"그래, 대장의 말이 맞아."

강찬석은 어느새 아무렇지 않게 무열을 대장이라 불렀다.

3거점의 리더이자 트라멜의 수비를 맡았던 수장임에도 불구하고 지금 이곳에 있는 사람 중 무열을 그렇게 부르는 것에 이질감을 느끼는 사람은 아무도 없었다.

"허허, 그래. 자네와 무열의 관계는 트라멜에 오면서 들어서 잘 알겠네만은 너무 예의를 차리는 것도 좋은 건 아니라네."

칸 라흐만이 오르도 창의 어깨를 툭 치면서 말했다.

외지인에 대한 생각은 이미 무열로 인해 바뀌었지만 이렇게 자신을 챙겨주는 사람들에게 고마움을 느끼지 않을 수 없었다.

"하하…… 아닙니다."

오르도 창은 괜스레 웃으며 말했다.

"사실 이걸 다 들고 갈 수도 없을 것 같은걸요."

그는 자신의 옷 주머니를 잡아당겨 안을 보여주며 말했다.

"주군과 같은 분들은 특수한 능력이 있어 무게가 아무리 무거워도, 부피가 아무리 커도 아무렇지 않게 물건을 꺼내고 넣으시더군요."

오르도 창은 바닥에 떨어진 상급 마석 하나를 집어 들었다.

"그런데 전 아니니까요. 그럼…… 보상으로 이거 하나만 가져가겠습니다. 부족원들에게도 마석은 필요한 거니까요."

주머니에 마석을 넣으며 오르도가 말했다.

그의 말에 무열이 고개를 끄덕였다.

"그럼 나머지는 내가 잠시 맡아두는 걸로 하지. 너도 우리처럼 제약 없이 물건을 들 수 있도록 해줄 테니까. 그때 남부로 돌아갈 일이 있다면 가져가도록 해."

오르도 창이 살짝 놀란 표정을 지으며 물었다.

"그럴 수가 있습니까?"

"물론. 아이템을 쓰면 가능하지. 너희들은 보통 유물이라고 부르는 것들이지만."

토착인들은 자신들과 달리 시스템 기능에 속해 있지 않을 뿐 무구를 사용하는 건 자신들과 똑같다.

무열은 인벤토리의 숫자를 늘려주는 드워프의 항아리를 떠올렸다.

'토착인이라 하더라도 아이템이 가지는 고유한 능력은 사용할 수 있으니까.'

언젠가 그걸 구할 때 오르도의 것도 구해야겠다는 생각이 들었다. 그와 함께하는 시간이 길어질수록 분명 그게 필요할 테니까.

"하하…… 그렇게 되면 정말 좋겠습니다."

내색하진 않았지만 오르도 창 역시 자신이 가지지 못하는 능력에 대한 열망이 있었으니까. 내심 부러웠을지도 모른다.

"잘됐군. 무열이 방법을 알고 있는 것 같으니 말이야."

칸 라흐만은 무열의 끝없는 지식에 놀랄 따름이었다.

"어서 트라멜로 돌아가야 합니다."

옥좌 위에서 천천히 걸어 내려오며 무열이 말했다.

모두가 그의 말에 고개를 끄덕였다.

"알겠습니다. 서두르시죠. 리앙제를 조금이라도 빨리 낫게 하려면……."

"맞아요. 지금도 악몽(惡夢)에 시달리고 있을 텐데."

"후우……. 그 어린 것이 말이야."

무열은 잠시 네 사람을 바라봤다.

'역시…….'

그러고는 자신도 모르게 속으로 가볍게 웃었다.

이들 중 그 누구도 벤누의 사체에서 나온 전리품에 대해 궁금해하는 사람이 없었다.

사람으로서 물욕이 없다는 건 말이 되지 않는다.

죽기 전까지 이런 자를 과연 몇이나 봤을까.

단순히 세븐 쓰론이 열린 초반이기 때문에 가능한 걸까?

아니, 현실에 살 때도 인간의 욕망은 그대로 존재했으니까.

이들은 천성적으로 무엇이 더 중요한지 아는 사람이었다.

배신과 배반.

선택의 기로에서 실패의 결과를 뼈저리게 느꼈던 무열은 처음으로 진정 믿을 수 있는 사람이란 이런 자들이 아닐까 하는 생각이 들었다.

무열은 두 손에 든 물건들을 그들에게 보이며 말했다.

"전리품 확인은 돌아가면서 하죠."

"무열 씨는 괜찮을까요?"

"걱정하지 않으셔도 될 겁니다. 주군께서 트라멜까지 가는 동안 방해하지 말아달라고 하셨으니…….."

플레임 서펀트의 머리 위에서 정자세로 앉아 두 눈을 감고 있는 무열을 보며 나머지 사람들은 걱정스러운 듯 말했다.

서펀트 자체가 물결을 헤치며 수영하듯 허리를 치며 하늘을 날고 있기 때문에 가만히 있는 것 자체가 힘든 일이었다. 하지만 자신들과 달리 무열은 요동치는 서펀트의 머리 위에서도 아무렇지 않아 보였다.

애초에 이런 서펀트를 타고 다니는 것부터 그들에겐 놀라운 일이었으니까.

"참 대단한 것 같아요. 그런 전투를 벌였는데 쉬지도 않고 바로……."

"벤누에게서 얻은 전리품 중에 마나 호흡법이 있었으니 조금이라도 빨리 습득하고 싶은 마음이겠지."

"그래도 저라면 못했을 거예요. 지금도 다리가 후들거리는 걸요."

그녀는 지친 기색으로 말했다.

"선미 양의 말이 맞습니다. 처음 제가 대장을 봤을 때에도 하루도 쉬는 걸 보지 못했으니까요. 누가 봐도 뛰어난 재능인데 그 재능보다 노력을 더 중요하게 생각하시더군요."

강찬석은 마치 자신의 일인 양 뿌듯한 표정으로 말했다.

그의 눈엔 그렇게 보일 수밖에 없을 것이다. 3거점에서 죽을 뻔한 자신들을 구해주고 보란 듯이 약속한 대로 트라멜로 돌아와 다시 한번 자신들을 구했으니까.

게다가 공략 불가에 가까웠던 선혈동굴에서 만월초뿐만 아니라 벤누까지 잡았다.

하지만, 그 누구보다도 평범한 사람이 바로 강무열이라는 남자라는 걸 이들은 모를 것이다. 그렇기 때문에 누구보다 더 노력을 당연하게 생각하는 것도.

[벤누의 마나 호흡법]

세븐 쓰론에 존재하는 흑용족 군주 벤누가 사용했던 고유의 마나 호흡법.

호흡법의 숙련도가 모두 채워지면 강력한 마력 폭풍을 사용할 수 있게 된다고 알려져 있으나 인간에게 어떤 영향을 끼칠지는 확인되지 않았다.

등급 : B급(에픽)

분류 : 도서

내구 : 100

효과 : 마력 운용법 숙련도 증가

처음 마나 호흡법을 획득하고 나서 무열은 놀라지 않을 수 없었다.

벤누는 대륙에 존재하는 다섯 용족 중에서도 가장 많은 사람을 죽인 존재. 아니, 정확히 말하면 잡아먹은 존재이다.

그런 자의 마나 호흡법.

솔직히 꺼려질 수도 있다. 강력한 마력을 얻을 수 있는 기회이지만 인간에게 어떤 영향을 끼칠지 모르는 일이라고 쓰여 있으니 말이다.

모두가 만류하는 것도 당연한 일.

하지만 무열은 이 호흡법의 효과를 잘 알고 있었다.

확실히 벤누의 호흡법은 인간에게 영향을 끼친다.

전생에서 벤누의 마나 호흡법을 익힌 한 사람. 용의 어머니라 불리며, 드래곤을 부렸던 용군주 알라이즈의 대적자이자 세븐 쓰론의 존재하는 다섯 용족을 다스렸던 존재.

용족의 여왕 정민지.

그녀는 항상 얼굴의 반을 가리는 가면을 쓰고 있었다. 죽기 직전까지도 절대로 그 가면을 벗지 않았는데, 들리는 소문에 의하면 벤누의 호흡법과 함께 다섯 용족의 비기를 모두 얻은 그녀에겐 특이한 히든 스테이터스가 있기 때문이라고 했다.

바로, '용족화(龍族化)'.

가면으로 가린 얼굴의 반쪽은 용족화의 영향으로 용의 피부로 변했기 때문이라는 말이 있었다.

물론, 그 누구도 확인하지 못했기 때문에 진실은 알 수 없다. 하지만 분명한 건 그녀가 용족을 다스렸다는 것과 마력을 사용하면서도 용족 특유의 무력까지 가졌다는 점이었다.

뛰어난 능력과 재능을 겸비했던 그녀였지만 대륙은 결국 절대다수인 인간의 것. 용족만으로 권좌에 오르려고 했던 그녀의 욕심은 아쉽게도 실패로 돌아가며 4강에게 죽임을 당했다.

무열이 정민지가 했던 행보처럼 벤누의 호흡법을 익히며 용족을 자신의 수하로 둘 것인지는 아직 모른다. 어쩌면 그건 독이 될 수도 있는 일이니까.

"무열은 그렇다 쳐도 자네들이 사용할 만한 것들이 나와서 다행이로구만."

칸 라흐만은 명상에 빠져 있는 무열에게서 눈을 떼고는 강찬석과 윤선미를 바라봤다.

벤누의 사체에서 얻은 건 호흡법 이외에도 두 개의 아이템이 더 있었다.

B급 레어 아이템인 '피의 망토'.

체력이 감소되지만 대신 근력을 올려주는 버서커형 아이템으로 누구보다 체력 수치가 높은 강찬석에게 어울리는 것이었다.

그리고 또 하나, 동급의 레어 아이템인 '뼈 반지'.

벤누의 피의 솥에 남아 있는 유일한 재료라는 설명과 함께 착용자에게 조합률과 합성률을 높여주는 액세서리.

조합술은 칸 라흐만과 윤선미 두 사람에게 필요한 것이었지만 리앙제의 치료를 위한다는 명목하에 칸 라흐만이 뼈 반지를 그녀에게 양보했다.

"감사드려요."

그녀는 해골 모양의 반지를 낀 손가락을 만지작거리며 조심스럽게 말했다.

"허허, 또. 그럴 필요 없네. 정말로 비약을 제조할 때 안전하게 하라는 의미에서 준 것이니까. 그리고 낚시꾼의 약초 조합은 메인 스킬도 아닌걸."

그는 그녀의 어깨를 다독였다.

"무열을 많이 도와주게."

칸 라흐만은 잘 알고 있었다. 그가 단지 물욕이 없기 때문에 전리품을 포기한 것이 아니다. 바로, 그의 직업 때문.

낚시꾼은 언제나 정보를 낚고 그것을 얻기 위해 세븐 쓰론을 살아가야 한다.

처음에는 딸을 찾기 위해 정보를 모았다. 그리고 트라멜에서 딸을 찾은 이후 그의 목적이 새롭게 변했다.

'이왕 대륙을 떠돌아다니며 정보를 얻어야 한다면 트라멜의 안전을 위하고 싶다.'

자신의 딸과 함께 있고 싶지만 그녀의 안전까지 책임질 수 없다.

믿을 수 있는 사람. 지금의 그에겐 그게 바로 강무열이었고, 트라멜이었으니까.

"알겠어요."

윤선미는 그런 그의 마음을 아는지 모르는지 떨리는 눈빛으로 고개를 끄덕였다.

칸 라흐만은 가볍게 웃으며 나머지 두 사람을 번갈아 가며 바라봤다.

"후우……."

그때였다. 침묵하던 무열의 입에서 작은 숨을 토해내는 소리가 들렸다.

그가 감았던 눈을 떴다. 짙은 구름에 가려 아무것도 보이지 않음에도 불구하고 무열은 그것을 꿰뚫고 보는 것처럼 아래를 바라봤다.

자세히 보니 그의 눈동자의 색이 묘하게 흐려져 있었다. 무열은 낮은 목소리로 말했다.

"트라멜에 도착했다."

34장
괴물

"돌아오셨다!!!"

"오……!! 성공하신 건가?"

"B랭크 던전을 공략했다는 말인 거잖아?"

"대단해……!!"

트라멜 상공에 플레임 서펀트의 모습이 보이자 요새의 사람들은 저마다 하늘을 바라보며 소리쳤다.

최혁수와 라캉 베자스는 천천히 내려오는 그들을 맞이했다.

"성공하셨군요."

한발 먼저 무열에게 걸어온 최혁수는 출발 전과는 뭔가 달라진 기운의 그를 흥미롭게 바라봤다.

끄덕.

무열은 대답 대신 고개를 끄덕였다.

"선미 양, 부탁드립니다."

"네, 알겠어요."

"나머지 준비는 모두 끝내놨습니다. 먼저 실례하겠습니다."

윤선미는 라캉 베자스의 안내를 받았다.

이들이 선혈동굴로 향하기로 결정한 뒤에 라캉 베자스는 그녀가 사용하던 공방을 좀 더 큰 곳으로 옮겼다.

라캉 베자스는 누구보다 계산적인 남자다. 윤선미가 마녀라는 사실을 듣고 난 뒤 처음에는 다들 꺼려 했지만 이 남자만큼은 오히려 그녀에게 공방을 만들어주고 리앙제를 돌보게 해주었다.

게다가 이번엔 중심에선 조금 떨어져 있긴 하지만 트라멜에서 가장 큰 건물의 1층을 그녀에게 모두 내어주었다.

'윤선미는 분명 트라멜에 도움이 될 거다.'

물론, 위험한 도박이긴 하다. 마녀(魔女)에 대한 소문은 익히 들었으니까.

하지만 그렇기 때문에 그녀에게서 얻을 수 있는 절대적인 가치를 라캉 베자스는 포기할 수 없었다.

게다가…… 단지 윤선미의 가치만을 보고 그가 이토록 전폭적인 지원을 하는 것은 아니다.

"……그게 무슨 말이지?"

남겨진 최혁수는 무열 일행을 회의실이 있는 중앙 건물로 인도했다.

회의실에 들어오자마자 무열은 최혁수의 말에 걸음을 멈추고 그를 바라봤다.

"들으신 그대로예요. 지금 리앙제의 상태가 심상치 않거든요. 이쪽에서 보는 게 더 확실할 것 같네요."

끼리릭.

최혁수는 창문을 열었다. 회의실은 트라멜 중앙에 있는 고층 건물에 위치해 있기 때문에 창밖으로 요새의 전경이 한눈에 들어왔다.

"……어?"

밖을 보던 강찬석이 한 발자국 앞으로 나오며 고개를 내밀었다.

그의 눈에 들어온 이색의 풍경.

"설마……."

"맞아요. 저기에 리앙제가 있죠. 사실 공방을 옮긴 이유도 저 덩굴에 침식이 되어서거든요."

"도대체…… 무슨 일이 있었던 거지?"

칸 라흐만조차 새로운 공방의 모습을 보며 떨리는 목소리를 감출 수 없었다.

요새 외곽에 있는 커다란 건물.

그 커다란 건물은 더 이상 제 모습을 찾기 어려웠다. 바닥에서부터 솟아난 수많은 덩굴이 건물 전체를 감싸고 있었기 때문이다.

마치 덩굴언덕을 보는 것 같았다. 언덕 위에 자라난 식인수들처럼 트라멜 외곽에 솟아난 덩굴들은 여기저기 서로 얽힌 모습으로 건물을 감싸고 있었다.

"뭔가…… 이상하군."

칸 라흐만은 규칙성이 없어 보이는 덩굴들의 모습에도 빠르게 특이점을 찾았다.

"색도 녹색이 아닌 검은색에다가 중구난방으로 자란 모습이나 밖을 향해 자란 덩굴들은 없군."

"그렇군요."

그의 말에 강찬석은 작은 탄성을 질렀다.

"건물을 감싸고 있어서 그렇다고는 하지만 사실상 이건……."

무열은 그가 무슨 말을 할지 단번에 눈치챘다.

"외부에서의 침입을 막기 위해서 만들어진 것 같군요."

"그렇네."

'저런 건 처음 본다. 식인수라고 하기엔 기묘한 형태야. 게다가 색도. 검은색의 식인수라……. 15년 동안 한 번도 본 적이 없는데…….'

"저…… 리앙제가 악몽에서 딱 한 번 깨어난 적이 있어요."

"깨어나……?"

무열은 창문에서 고개를 돌려 최혁수를 바라봤다. 그의 얼굴이 구겨졌다.

'악몽에서 깨어나는 게 가능하다고?'

아니, 절대로 불가능하다. 15년 동안 세븐 쓰론에 살아가면서 마녀의 비기인 비약의 힘에 대해선 뼈저리게 느꼈었다.

특히, 숙련도가 그때와 다르다 하더라도 윤선미의 악몽에서 아무런 해독약도 없이 깨어난다는 건 상상도 할 수 없는 일이다. 그만큼 마녀의 비약은 탁월한 효과를 가진다.

"솔직히 말하면 깨어났다기보다는…… 잠꼬대에 가깝다고 해야 할 것 같아요. 몇 마디 중얼거리다가 다시 기절했으니까."

최혁수는 그 당시 공중에 떠올랐던 리앙제의 모습을 떠올리며 말했다.

"무슨 말을 했는데?"

그는 손으로 턱을 쓸면서 한 글자, 한 글자 또박또박 대답했다.

"군단(軍團). 어둠이 곧 찾아오리라."

"……어둠이 찾아온다?"

"그게 무슨 말이지?"

최혁수의 말에 모두가 의아한 표정으로 고개를 갸웃거렸다.

하지만 단 한 사람. 무열만은 그의 말에 얼굴이 굳어졌다.

'설마……'

선혈동굴에서 조우했던 아그마(Agma).

아직 나타날 수 없는 몬스터의 등장에 무열은 자신이 알고 있는 역사가 이제 달라졌음을 확신했다.

'아닐 거야.'

무열은 고개를 저었다.

"어둠……."

하지만 그는 최혁수가 얘기한 리앙제의 말 중 한 단어에서 벗어날 수 없었다. 무열이 아는 한 어둠이란 단어는 이 사건과 떼려야 뗄 수 없는 일이었으니까.

5년 뒤에 있을 '대격변(大激變)'.

대륙이 합쳐지고 여섯 종족이 모두 한자리에 모이게 되는 종족 대전이 시작되기 이전, 딱 한 번 각 차원의 강자들이 조우하게 되는 사건이 있었다.

'엑소디아(Exordiar).'

룰은 간단하다. 차원별로 선별된 세 명의 강자가 각각 다른 차원의 대표들과 결전을 벌인다. 살아남은 자에겐 신의 은총이, 패배한 자에겐 그자가 속해 있는 차원에 열한 번째 재해(災害)가 내려진다.

그 재해가 바로…… '어둠'.

무열은 그때의 일을 기억했다.

'그 당시 인간군은 이강호와 그의 네 번째 제자인 노승현이 출전했었지. 마지막 한 자리는 휀 레이놀즈였고.'

너무나도 엄청났던 격전이었기 때문에 대륙에 있는, 아니, 각 차원에 있는 모든 사람이 이들의 싸움을 지켜봤었다.

'인간군은 다행히 패하지 않았다. 2승 1패였으니까.'

무열은 자신도 모르게 입술을 깨물었다.

그 당시 엑소디아의 승자는 이강호와 그의 제자인 노승현이었다. 휀 레이놀즈의 패배는 어쩔 수 없는 일이라고 생각할 수도 있지만 사실상 경기의 내용을 모두 본 사람들은 그렇게 생각하지 않았다.

'물론…… 휀 레이놀즈가 상대했던 네피림의 최강자인 하르페온은 강력하다.'

하지만 그렇다고 검을 섞지도 않고 포기해 버리는 건 인류에 대한 모독이었다. 나중에 이강호가 그것이 계획이었다고 말했기 때문에 폭동은 없었지만…….

'지금 생각해 보면 이강호와 휀 레이놀즈, 둘의 관계 속에서 모종의 계약이 있었을지도 모른다.'

이강호의 실체를 몰랐다면 절대로 생각하지 못했던 일일 것이다. 그 당시만 하더라도 그와 그의 네 번째 제자이자 창술의 대가인 노승현 사이에는 묘한 석연찮음이 있었으니까.

노승현은 윤선미와는 또 다른 천재였다. 항상 불세출의 천재라 불리는 최혁수와 비교될 정도로 그는 비상한 남자였다.

빙결창(氷結槍), 노승현.

필립 로엔과 함께 창술에 관해서 항상 이름이 오르는 인물이었다.

만약, 필립이 죽기 전에 노승현의 창술이 완성되었다면 두 사람 중 창술의 정점이 누구인지 섣불리 선택할 수 없을 것이라는 게 세간의 생각이었다. 그 정도로 노승현의 창술은 뛰어났다.

'문제는 성격. 너무 올곧았던 것이겠지.'

1경기를 이강호가 가볍게 이겼지만 2경기를 맡은 휀 레이놀즈가 패배를 하면서 마지막 경기를 무조건 노승현이 이겨야 하는 상황에 이르렀다.

'그의 상대는 마족이었지.'

필사적으로 싸웠다. 결국 승리했다.

하지만…….

'사력을 다했던 전투 이후, 결국 그의 목숨이 끊어졌다.'

모두가 인류를 위해 싸운 영웅을 칭송했다. 그리고 그의 스승이자 누구보다도 그 슬픔을 간직해야 할 이강호의 아픔을 위로했었다.

'과연…….'

그의 그 슬픔이 진짜였다고는 말하지 못한다. 그의 실체를 알았으니까.

'그렇게 죽이기엔 아까운 인재다. 아니, 어쩌면 그뿐만 아니라 다른 강자들의 석연찮은 죽음도 혹시 이강호와 관련되어 있을지도 모른다.'

무열은 그런 강자를 모두 살리는 것이 지금의 자신에게 중요한 일일지 모른다는 생각이 들었다.

'노승현의 죽음이 있었지만 결국 그의 희생 덕분에 인간군은 열한 번째 재해를 맞이하지 않았다. 혹여나 이번 생에 그를 살릴 수 있다면…….'

그보다 더 큰 수확도 없을 것이다.

꽈악.

무열은 주먹을 쥔 손에 힘을 주었다.

'강찬석, 그리고 윤선미.'

그가 얻고자 하는 이강호의 제자는 이제 둘이다.

'아니…… 셋이지.'

김호성과 노승현을 제외하고 남은 한 명.

'비록 인간군을 전멸로 몰아넣은 녀석이지만…….'

무열은 그를 제대로 알지 못한다. 단지 소문만 무성할 뿐.

'그가 이강호의 마지막 제자가 됐을 때만 해도 분명…….'

더 이상 그보다 더 뛰어난 검술의 천재는 나타나지 않을 것이다라고 했다.

이지훈.

'과연…… 그를 살릴지 아닐지는 아직 고민해야 할 문제겠지.'

다른 네 명의 제자와는 달리 그는 말 그대로 갑자기 나타났으니까.

'엑소디아가 시작되면 여섯 종족 중 하나는 거의 멸망에 이른다.'

그 결전의 결과는 끔찍했다.

다른 차원을 투영해 주는 상공에 생성된 다섯 개의 웜홀을 통해 패배한 종족이 어떤 결과를 맞이했는지 생생하게 볼 수 있었다. 어둠 속에서 생성된 기괴한 그림자들은 무차별적으로 그들을 살육했다.

'그 당시 엑소디아에서 패배한 종족은 엘프였다. 정확히 인구수의 절반이 될 때까지…… 어둠은 끝나지 않았지.'

그 때문에 종족 전쟁이 시작되고 차원이 합쳐졌을 때 가장 먼저 멸망한 종족이 엘프이기도 했다.

'엑소디아는 분명 시작된다. 하지만…….'

너무 빠르다. 아니, 이제는 모든 것이 빠르다라고 해야 할 것이다. 그것이 자신의 회귀로 인한 나비효과인지는 알 수 없다.

'내가 모르는 다른 어둠이 있는 걸까.'

하지만 엑소디아 이외에 그가 기억하는 다른 큰 이변은 없었다.

'걸리는 것이라면……'

리앙제가 말한 군단(軍團)이라는 말.

엑소디아의 결말로 엄청난 피해가 있다는 것은 확실하지만 그것을 군단이라 부르기엔 애매했다.

그건 말 그대로 어둠에서 파생된 그림자였으니까.

"괴물들은 분명 온다, 강무열."

그때였다.

회의실에 문이 열리며 들어오는 한 남자. 아니, 그를 부축하는 또 다른 남자의 모습이 눈에 들어오자 무열의 눈이 동그랗게 떠졌다.

"넌……."

"아!! 트라멜 입구에서 저 남자를 구출해서 왔어요. 그 뒤로 가라고 했지만, 뭐…… 무슨 이유인지는 모르지만 다들 올 때까지 남아 있겠다고 하더군요."

무열의 말에 최혁수가 빠르게 대답했다.

문 앞에서 있는 두 사람.

"……진아륜?"

놀랍게도 두 사람은 다름 아닌 진아륜과 베이 신이었다.

"제시간에 돌아왔군. 역시."

"훗……."

무열의 말에 진아륜은 씁쓸한 표정으로 가볍게 어깨를 들썩였다.

'무슨 일이 있었던 거지.'

석연찮은 반응에 무열은 고개를 돌려 진아륜을 부축하고 있는 베이 신을 향해 물었다.

"트라멜에서 벗어나 거점으로 돌아갔을 거라고 생각했는데…… 아니었나?"

"그보다 흥미로운 게 생겨서 말이야."

베이 신은 능숙하게 무열의 말을 넘겼다.

"흥미로운 것?"

무열이 되묻자 그는 고개를 오른쪽으로 까닥거리며 진아륜을 가리켰다.

베이 신과는 달리 진아륜의 표정은 어두웠다.

"수고 많았다. 그런데…… 어떻게 된 일이지?"

무열의 그 물음에 진아륜은 당장에라도 울음을 터뜨릴 것 같은 표정이었다.

시간 내에 진아륜이 도착했다는 것은 정말로 다행이었다.

그가 치어의 기름을 가지고 왔는지부터 묻고 싶었지만 심상치 않은 그의 반응에 무열은 입을 다물었다.

"도와다오."

뜬금없는 그의 말.

"……뭐?"

무열은 고개를 갸웃거리며 되물었다.

변해버린 공방의 모습, 리앙제의 예지몽, 그리고…… 어쩌면 진아륜에게서 나오는 말 역시 그가 생각지 못한 것이 아닐까 하는 불안감.

"무슨 말인지 모르겠군."

무열은 조심스럽게 그에게 물었다.

"재해가 문제가 아냐."

진아륜은 파르르 떨리는 입술로 무열을 향해 말했다.

"포스나인의 괴물이 오고 있다."

"그게 무슨 말이지? 진아륜."

"말 그대로다. 네 부탁으로 치어 기름을 얻기 위해 우린 바로 포스나인으로 갔다. 퀘스트도 완료하지 않고서 말이야."

의자에 기대어 앉은 진아륜은 그때를 떠올리는 듯 어깨를 파르르 떨었다.

"혹시…… 치어 기름을 얻는 데 실패한 건가."

"훗, 네가 걱정하는 건 고작 그건가."

"……뭐?"

진아륜은 무열의 물음에 한숨을 내쉬며 대답했다. 그의 반응에 무열은 얼굴을 굳혔다.

"걱정 마라. 치어 기름은 구했으니까. 너는 여전하군."

그는 인벤토리 안에서 작은 병 하나를 꺼냈다. 병 안에는 진득한 액체가 들어 있었다.

"으흠……."

무열은 진아륜이 건네는 병을 보며 살짝 아쉬운 듯한 표정을 지었다.

'아슬아슬하겠는데…….'

생각했던 것보다 진아륜이 가져온 치어 기름의 양이 적었다. 포스나인에서 치어를 잡는 건 그에게는 어려운 일이 아니다. 하지만 고작 이 정도밖에 구하지 못했다는 건 결국 포스나인에 무슨 일이 있었든가 아니면 그의 신변에 문제가 있었던 것이다.

"어떻게 된 거지?"

"그렇게 보지 마라. 내가 할 수 있는 최선이었으니까. …… 지금 나와 함께 갔던 갈까마귀들의 행방을 알 수 없게 되었다."

"행방을 알 수 없다니?"

무열은 그의 말에 인상을 구겼다. 포스나인의 현 주인이라고 할 수 있는 남자는 넬슨 하워드였다. 제도왕(諸島王)이라고 불릴 정도로 포스나인을 기반으로 세븐 쓰론 해안의 모든 섬을 통치했던 남자.

'확실히 대단한 남자지만 지금 능력으론 진아륜과 갈까마귀

들의 잠행을 막을 수 없었을 텐데…….'

설명을 바라는 무열의 눈빛에 진아륜은 그제야 입술을 열었다.

"나도 모른다. 포스나인은 완전히 변해 있었으니까. 넬슨 하워드의 거점이 완전히 사라졌거든."

"……뭐?"

"내가 본 건…… 설명하기 어려운 괴물이었다."

"너밖에 모르는데 설명하지 못하면 우리가 어떻게 아나. 갈 까마귀의 수장이 정보를 놓쳐서야 되겠어?"

"흥…… 말은 잘하는군. 네가 그걸 직접 보지 못해서 그렇다."

진아륜은 화가 난 것처럼 말했지만 사실상 무열의 반응 덕분에 오히려 긴장이 조금이나마 풀어질 수 있었다.

"후우…….'

그는 숨을 토해내고는 말했다.

"세븐 쓰론에서 처음 보는 생명체였다. 바퀴벌레의 등껍질 같은 단단한 갑충의 몸뚱이를 하고 있으면서 머리는 마치 오크처럼 생겼다."

"그게 무슨…….'

"뭐 그런 게 다 있어?"

상상이 가지 않는 진아륜의 설명에 그 주변에 있는 사람들은 인상을 구기며 물었다.

그 반응을 이해한다는 표정으로 진아륜은 고개를 끄덕였다.

"나도 그것을 처음에 봤을 때 당신들과 같은 반응이었다. 녀석들은 비슷하게 생겼지만 어떤 녀석은 두 발로 걸어 다니고 어떤 녀석은 네 발로 다녔다. 덩치는 네 발로 다니는 놈들이 더 컸지만 지능은 두 발로 다니는 놈들이 더 높은 것 같더군."

"어째서 그렇게 생각하지?"

진아륜의 설명을 듣던 칸 라흐만이 물었다.

"네 발로 다니는 녀석들은 세 마리가 한 조가 되어서 두 발로 다니는 놈들을 보호하고 명령을 따랐으니까요. 마치, 사냥개처럼."

"허허…… 똑같이 생겼는데 진화의 차이가 존재하는 몬스터라니."

칸 라흐만은 흥미로운 듯 그의 말에 고개를 끄덕였다.

"상상이 안 가네요."

"아니죠. 상상이 되는 게 이상한 거죠."

"으흠……."

강찬석의 말에 최혁수는 몸을 부르르 떨며 대답했다.

"생각해 보세요. 그건 인간이 인간들을 사냥개처럼 부리고 있다는 거랑 똑같잖아요. 그것도 누구는 두 발로 다니고 누구는 네 발로 기어 다니는 모습이라니……. 뭐 그런 괴상한 괴물들이 다 있어."

"글쎄. 내 생각은 다르네. 종(種)은 같으나 진화는 다르다. 뭐, 같은 몬스터 사이에도 분명히 서열이 존재하고 사람과는 달리 그 차이가 극명한 몬스터들은 가능한 일일지도 모르지."

하나의 몬스터를 두고 최혁수와 칸 라흐만의 의견이 갈라졌다. 하지만 두 사람 모두 그들이 혐오스럽다는 것은 부정하지 못할 것이다.

"자넨 뭔가 아는 게 있는가, 무열."

칸 라흐만이 진아륜의 설명이 끝나고 의견이 분분한 가운데에서도 아무런 말을 하지 않고 있는 무열을 바라봤다.

"진아륜."

무열이 입을 연 순간, 모두의 시선이 그를 향했다.

"지금 네가 말한 거, 확실하냐."

"그럼. 내가 왜 거짓말을 하겠어. 설마, 치어 기름을 별로 얻지 못한 변명이라고 생각해?"

자신들은 무열과의 약속을 지키기 위해 목숨을 걸었다. 그 덕분에 그의 연인인 천륜미는 깊은 상처를 입고 아직까지도 의식을 찾지 못했다. 그런 상황에서 자신을 믿지 못하는 무열의 말은 진아륜에게 있어서 마음을 아프게 하는 것을 넘어 화가 나게 만들기 충분했다.

"아니."

그때였다. 무열은 낮은 목소리로 말했다.

"확실히 세 마리가 맞느냔 말이다."

"······어?"

"네 말을 믿지 않는 게 아니다. 내가 묻고 싶은 건 그 돼지 머리를 한 괴물 새끼가 데리고 다니는 몬스터가 세 마리씩 모여 있는 게 맞느냔 말이다."

"뭐······ 맞아, 확실하다. 내가 봤으니까."

무열은 대답에 고개를 끄덕였다.

애초에 믿고 안 믿고의 문제가 아니었다. 그는 진아륜의 말에 한 치의 의심도 없었다. 단지 확인을 하려 했던 것뿐.

진아륜은 괜스레 미안한 듯 코끝을 손등으로 훔치면서 고개를 끄덕였다.

"세 마리······."

"뭔가 짚이는 게 있는가 보군."

칸 라흐만이 날카롭게 무열의 표정을 보며 물었다.

이제는 놀라울 것도 없다. 마치 선구자(先驅者)처럼 무열은 자신보다 훨씬 더 많은 것을 알고 인도하고 있었으니까.

"어쩌면······ 공방을 감싸고 있는 저 덩굴과 진아륜의 말이 모두 연관된 것일지도 모릅니다."

"그게 무슨 말인가."

'진아륜의 말이 정확하다면······ 녀석들은 분명······.'

무열은 잠시 눈을 감았다. 다른 사람들은 상상하기 힘든 그 괴물의 모습이 선명하게 그려지는 것 같았다. 그리고 그와 동시에 들려오는 비명까지.

어찌 잊을 수 있겠는가.

"카반다(Kabanda)."

세븐 쓰론 여섯 종족 중 하나. 마족이 사는 지하계 그보다 더 밑에 존재하는 하층부에 서식하는 종족.

바로, '악마족'.

카반다는 악마족의 마흔두 번째 하수인이다.

녀석들은 부리는 동족의 수에 따라 그 능력도 달라진다. 2마리라면 D랭크, 3마리라면 B랭크, 4마리라면 A랭크.

3마리를 부리는 카반다라면 지금의 그들에겐 결코 쉬운 적이 아니다.

차원이 합쳐지고 종족 대전이 시작되었을 때, 악마족은 마치 개미굴처럼 수십 갈래로 복잡하게 얽혀 있는 터널을 만들어 대륙 가장 밑바닥에 거점을 만들었다.

'그래, 검은 덩굴……. 그거라면 말이 된다.'

악마족은 터널을 만들 때 수십 갈래로 뻗어 자라는 검은 덩굴로 지하를 뚫는다.

'실제로 본 적은 없다.'

무열도 그저 듣기만 했을 뿐. 터널을 뚫고 난 다음엔 모두 시들어 죽기 때문에 거점에 생성된 덩굴을 본 사람은 아무도 없었다.

'덕분에 검은 덩굴에 대한 존재가 밝혀진 것도 얼마 되지 않지.'

대부분 거점은 완성된 터널만 있을 뿐이었으니까.

무열은 칸 라흐만을 잠깐 바라봤다.

"허허…… 너무 뜸을 들이는군. 카반다라는 게 뭔가?"

그와 눈이 마주치자 칸 라흐만은 답답하다는 표정으로 무열에게 물었다.

'생각해 보니 검은 덩굴의 존재를 밝힌 것도 당신이군.'

하지만 굳이 이런 설명을 할 필요까진 없을 것이다. 무열은 가볍게 고개를 끄덕이고는 말했다.

"악마족의 몬스터입니다. 어째서 녀석들이 나타난 것인지는 모르겠지만…… 대륙에 이상 현상이 일어나는 것은 분명합니다."

"주군, 악마족이라면…… 설마, 베리드의 권속들을 말씀하시는 겁니까?"

오르도 창은 무열의 말에 심각한 표정으로 물었다.

'음? 오르도가 팔(八)대 장군 베리드를 알고 있다? 토착인들에게만 전해지는 정보가 있는 건가.'

생각지 못한 그의 말에 무열이 고개를 돌렸다.

"뭔가 아는 게 있어? 오르도."

"네, 남부 5대 부족에게 내려오는 전설 중의 하나입니다. 고대 괴물에 대한 것이죠."

"그래, 생각해 보니 선혈동굴에서도 자네는 그 아그마라는 몬스터에 대해서 알고 있었지."

칸 라흐만이 오르도가 했던 말을 떠올렸다. 그와 동시에 무열은 그를 만났던 곳에 있었던 벽화를 생각했다.

'확실히⋯⋯.'

그런 게 있었다.

끄덕.

"마는 강해지고 빛은 힘을 잃는다. 순수는 퇴락하고 강철은 녹아내리도다. 그 가운데서 너희는 시험에 들지어다."

오르도 창은 조용히 시를 읊듯 조용히 말했다.

"음⋯⋯? 그게 무슨 말이지."

그의 말을 듣고 있던 칸 라흐만이 이해할 수 없다는 듯 그를 바라봤다.

"저희도 잘 모릅니다. 단지 그 말과 함께 남부 일대를 비롯해 북부까지 숨겨진 증거들이 있다고 알려져 있습니다."

"증거?"

"네, 주군께서 보셨던 벽화. 그걸 말합니다."

"마는 강해지고 빛은 힘을 잃는다⋯⋯."

무열은 오르도 창이 하는 말을 다시 한번 곱씹었다.

처음 시작은 아그마, 마족의 수하였다. 그리고 이번엔 악마족이다.

번뜩이는 한 가지 생각.

'지금의 상황과 들어맞는다. 벽화의 의미가 차원이 합쳐지고 시작되는 종족 전쟁을 뜻한다고 생각했었다. 그런데 그게 아니라 작금의 사태를 나타내는 것이라면…….'

세븐 쓰론엔 많은 종족이 존재한다. 인류를 제외하고도 묘족, 용족, 인마족, 정령 등……. 하지만 그것과는 별개로 완전히 다른 차원, 다른 주신이 관장하는 새로운 종족들.

인류가 존재하는 인간계, 마족이 사는 마계, 네피림의 천계, 차원 가장 밑바닥에 존재하는 악마계, 엘프들의 차원인 엘븐하임, 그리고 마지막으로 드워프들의 아이언바르까지. 각 차원엔 락슈무같이 그들을 관장하는 주신이 존재한다.

'신들의 유희(遊戱).'

각자 자신의 차원의 종족들을 장기말로 삼아 승부를 가리는 빌어먹을 게임이 바로 세븐 쓰론의 실체였으니까.

'오르도의 말대로라면 여기서 끝나는 게 아니다. 네피림, 엘프, 그리고 드워프까지……. 엑소디아가 생겨나기 전에 세븐 쓰론에 영향을 끼칠 뭔가를 할 가능성이 높다.'

"……!!"

그때였다. 무열은 황급히 창밖을 바라봤다.

"그런가……."

지하 세계를 잇는 터널을 뚫는 데 사용되었다는 검은 덩굴이 바로 눈앞에 있다.

터널(Tunnel).

장소와 장소를 잇는 도구.

지금 덩굴은 공방을 감싸고 있다. 끝점이 존재한다는 건 결국 시작점 역시 존재한다는 것일 터.

'그래, 저 덩굴의 끝은 분명 이어져 있다. 다른 차원의 종족이 이 세계에 영향력을 끼칠 수 있다면…….'

무열은 자신도 모르게 창틀을 잡은 손에 힘이 들어갔다. 회귀의 영향인지, 아니면 존재하던 역사 속에 자신이 알지 못했던 단면인지 지금으로선 알 수 없다. 하지만 중요한 것은.

"인류도 다른 종족에게 닿을 수 있다."

그리고…….

무열은 가늘게 눈을 뜨며 앞을 바라봤다.

"그 구심점(求心點)에……."

리앙제, 그녀가 있었다.

툭― 투둑.

"이건……."

"어떻습니까."

공방을 감싼 덩굴의 가시를 만지며 윤선미는 난감한 표정을 지었다.

"이 안에 리앙제가 있다는 말이죠?"

"그렇습니다. 최혁수의 말로는 비약의 영향인 것 같다고 해서…… 지금쯤이면 그가 무열 님께도 전달했을 겁니다."

"으음……."

라캉 베자스의 말에 그녀는 다시 한번 덩굴을 바라봤다.

'뭐지? 이런 건 처음 보는데……. 비약 도감에도 나와 있지 않은 생물인걸.'

윤선미는 차라리 칸 라흐만이 함께 있는 게 더 낫지 않았을까 하는 생각이 들었다.

"공방 안으로 들어갈 수 있는 길도 없나요?"

"네, 지금으로서는……. 그래서 선미 양의 의견을 듣고 싶습니다."

안타깝게도 윤선미가 악마족의 검은 덩굴에 대해서 알 리가 없었다. 애초에 이 생물은 세븐 쓰론 대륙에 존재하는 것이 아닌 다른 차원의 것이었으니까.

"글쎄요……. 이런 건 저도 처음 보는 거라……."

쿠드득…… 쿠드득…….

손을 가져가자 검은 덩굴은 살아 있는 것처럼 꿈틀거렸다.

"공격하진 않겠지만 만지지 않는 게 좋을 겁니다. 그건 비약의 영향이 아니니까."

두 사람은 황급히 뒤를 돌아보았다. 회의실에서 나온 무열을 비롯해 사람들이 어느새 공방 앞에 나와 있었다.

"잠시."

스르릉.

무열이 검을 뽑았다. 그러고는 있는 힘껏 덩굴을 베었다.

콰득–!!

둔탁한 소리와 함께 덩굴의 줄기가 떨어져 나갔다. 그러자 고통을 느끼는 듯 공방을 감싸고 있는 덩굴줄기들이 요동을 쳤다.

콰드드득…….

공방 건물 지붕이 그 힘을 이기지 못하고 부서졌다.

"우악?!"

"조, 조심……!!"

떨어지는 지붕 파편을 피하면서 사람들이 뒤로 물러섰다.

"……."

덩굴에서 떨어진 살점이 마치 물 밖으로 튀어나온 물고기처럼 파닥거리다가 순식간에 시들어버렸다.

고개를 올려 덩굴의 베인 상처를 봤다.

'역시…… 인가.'

분명 줄기가 떨어져 나갔음에도 불구하고 덩굴에는 어떤 상처도 남아 있지 않았다.

순식간에 재생된 덩굴.

"흡."

무열은 이번엔 검에 마력을 주입했다.

사람들은 부서질 것 같은 위태로운 공방의 모습에 불안한 눈으로 그를 바라봤다.

푸른빛의 구체들이 검날 주위를 맴돌다가 흡수되었다. 날카로운 예기(銳氣)가 번뜩였다.

모두가 숨을 죽이고 바라보고 있는 순간.

서걱.

조금 전 둔탁한 소리와 달리 이번엔 그 어떤 소리도 들리지 않았다. 단지 검이 바람을 가르는 소리뿐.

툭.

"……."

무열이 조금 전과 똑같이 떨어져 나간 덩굴의 파편을 바라봤다.

요동을 치며 순식간에 시들어버렸던 것과 달리 이번엔 무슨 일이 일어난 것인지 모를 정도로 가만히, 파닥거리지도 않고 형태를 유지한 채로 떨어져 있었다.

그걸 본 순간, 무열은 고개를 다시 한번 끄덕였다. 잘린 덩굴의 상처 역시 조금 전과 달리 복원되지 않았다.

"안으로 들어갈 수 있을 것 같군."

검은 덩굴에게 타격을 줄 수 있는 유일한 것. 그건 마력(魔力)이었다.

'운이 좋았다고 해야 하나…….'

선혈동굴에서 마력을 얻지 못했다면 과연 어떻게 되었을까.

무열은 운명의 장난 같은 이 타이밍이 뭔가 석연치 않았다.

"리앙제를 찾으러 가실 거죠?"

"물론입니다."

"서둘러 준비를 하겠습니다."

"저도…….."

그의 말에 모여 있던 사람들이 분주하게 움직이기 시작했다.

"잠깐."

그러나 무열은 오히려 서두르는 그들을 막았다.

"왜 그러십니까, 주군."

"리앙제의 구출이 급한 일인 건 알지만 그 전에 해야 할 일이 있다."

"그게 무슨……?"

"다들 여러 가지 일이 겹쳐서 잊고 있나 본데. 진아륜이 무

엇 때문에 포스나인에 다녀왔는지 기억해. 재해(災害)가 오고
있다."

"……."

사람들은 무열의 말에 숨이 막히는 기분이었다. 트라멜 수
복과 동시에 리앙제의 이상 현상, 그리고 재해가 닥쳐오는 이
시점에서 또다시 악마족의 검은 덩굴까지. 말 그대로 세계는
지금 그들은 쉼 없이 몰아붙이고 있었다.

"재해……. 그렇군. 흑암(黑暗)이 오고 있지. 아마도…… 이
제 무척이나 가까워졌겠군."

칸 라흐만은 무열의 말에 고개를 끄덕였다. 누구보다도 그
는 재해의 무서움에 대해서 잘 알고 있었다. 자신의 두 눈으
로 흑암이 먹어 치우고 지나간 마을들이 어떻게 되었는지를
똑똑히 봤으니까.

"그럼 어떻게 할 생각이지?"

"흑암을 막기 위해 필요한 재료는 모두 갖춰졌습니다. 하지
만 이대로 그냥 사용할 순 없습니다."

무열은 인벤토리에서 식인수의 껍질과 치어 기름을 꺼내
었다.

"이 두 가지 재료를 정제해서 합쳐야 합니다."

"으흠…… 어떻게?"

"라캉 씨, 전에 제가 트라멜의 세공자 중에 손재주(Dexterity)

스킬의 숙련도가 높은 분을 좀 찾아달라고 했었는데…….”

“아, 네. 선혈동굴에 가신 뒤에 트라멜에 거주하는 대장장이와 각종 세공 스킬을 보유한 제2공방의 사람들을 수소문해 뒀습니다.”

“좋습니다.”

무열은 고개를 끄덕였다.

“그중에 가장 손재주가 높은 분을 당장 회의실로 불러주세요.”

“알겠습니다.”

라캉은 그의 말이 떨어지자마자 당장 움직였다. 무열은 그가 저 멀리로 사라지는 것을 보며 고개를 돌렸다.

“이 덩굴은 지하에서부터 솟아난 것입니다. 아마…… 선미 양의 비약을 먹은 리앙제에게서 가장 비슷한 기운을 느껴서 그녀를 기점으로 자라난 것 같습니다.”

“그럼…… 안에 있는 리앙제는 괜찮은 걸까요?”

윤선미는 불안한 눈빛으로 무열에게 물었다.

“글쎄요. 아직은 아무것도 모릅니다. 그녀가 단지 덩굴이 자라는 방향만을 제시한 건지…… 아니면.”

“아니면?”

무열은 잠시 말을 잇지 않았다.

‘그녀가 숙주가 되어 덩굴이 자라난 것일 수도 있다. 만약

에 그렇다면…….'

그는 살짝 입술을 깨물었다.

"아닙니다. 아직 확실한 것도 아니고 저도 알지 못하니까요."

말을 감추는 그의 모습에 윤선미는 불안한 듯 공방을 감싸고 있는 검은 덩굴을 바라보았다.

"최혁수, 저번에 트라멜을 정비할 때 내가 부탁했던 건 어때?"

"아, 그것도 거의 준비가 끝났어요. 라캉 씨의 건물 배치가 워낙 좋아서……. 크게 수정할 필요도 없겠더라고요."

"그래? 다행이군."

트라멜을 수복한 뒤에 최혁수는 며칠 동안 계속해서 요새 안을 둘러보았다. 단순히 그의 호기심 때문만은 아니었다. 무열이 부탁한 것이 있어서였다.

'최혁수가 이곳에 있다는 건 정말 신의 한 수가 될 정도의 행운이다.'

그는 최혁수의 어깨를 가볍게 툭 쳤다.

'흑암은 구름이다. 그렇기 때문에 재해에게 가장 큰 영향을 끼칠 수 있는 힘은…….'

현재 트라멜엔 마력을 가진 마법사가 없다. 마력에 가장 가까운 능력인 마녀술도 비약의 조합이라든지 미스틱 서클과 같은 특수한 힘을 사용할 뿐 독자적인 힘을 내는 것은 아니었다.

'현시점에서 원소의 힘을 가장 잘 활용할 수 있는 사람은 최혁수다. 그리고…….'

그가 지금 가장 필요한 힘을 가지고 있다.

바람의 힘. 풍진(風塵)의 진법.

'할 수 있다.'

"지금 당장 재해를 대비하고 리앙제를 구한다."

무열은 성큼성큼 걸어가며 말했다.

"내 요새 안에선 단 한 명도 죽을 수 없다."

"아…… 안녕하세요!!"

큰 목소리로 외치는 말 속엔 떨림이 잔뜩 배여 있었다.

회의실 안으로 들어온 작은 체구의 남자.

아니, 소년.

이마에 끈을 질끈 묶은 그는 아직 땀이 채 마르지 않은 걸로 보아 헐레벌떡 달려온 게 분명했다.

"왔구나."

무열의 뒤에 서 있는 강찬석이 소년을 바라보며 반갑게 맞이했다.

"대장, 기억하실지 모르겠습니다만 3거점에서 처음으로 대장께 드릴 갑옷을 만든 아이입니다."

"혹시 서펀트의 비늘로……?"

무열의 말에 강찬석이 웃으며 고개를 끄덕였다.

"네, 맞습니다. 거점에서 유일하게 가죽 세공 스킬을 가진 아이였는데 다섯 명의 세공자가 있는 트라멜에서도 숙련도가 가장 뛰어난 아이입니다. 게다가 지금은 대장(Blacksmith) 스킬까지 배우고 있으니 정말 대단한 아이죠."

강찬석의 말에 소년은 부끄러운 듯 뒷머리를 긁적이며 말했다.

"별거 아니에요. 그냥…… 조립하고 만드는 걸 좋아하다 보니……."

소년은 그렇게 말했지만 가죽 세공뿐만 아니라 손재주 스킬은 절대로 쉽게 올릴 수 있는 것이 아니었다. 후천적인 발달도 있지만 손재주 같은 경우는 선천적인 능력도 꽤 영향력을 끼치니 말이다.

'하긴, 나이가 어려서 숙련도를 올리기 더 쉬웠을지도 모르겠군.'

게다가 성인 남자도 배우기 어려운 대장 스킬까지. 기껏해야 열다섯 정도밖에 되어 보이지 않는 아이가 이렇게 열정적으로 세븐 쓰론에서 살아남기 위해 무언가를 습득하는 태도를 보이는 건 결코 흔한 일이 아니니까.

'전투가 아닌 다른 분야에서도…… 사투를 벌이는 사람은 있다는 거겠지.'

"이름이 뭐지?"

"네, 저…… 저는 지웅 슈입니다."

소년은 머리띠를 풀어 가슴 언저리에서 두 손으로 꽉 쥐고는 허리를 숙이며 말했다.

"지웅 슈……. 그럼, 중국 출신인 건가."

"네, 상하이에서 태어났어요."

"부모님은?"

"글쎄요……. 잘…….'

지웅 슈는 그 물음에 다시 한번 머리를 긁적이며 고개를 갸웃거렸다.

"고생했다."

울음을 터뜨리거나 우울해하진 않았다.

무열은 그의 눈빛으로 충분히 직감할 수 있었다. 어린 소년임에도 불구하고 지웅 슈는 이미 현실을 직시하고 있다는 걸.

'이 아이라면 맡길 수 있을 것 같다.'

고작 몇 마디를 나눴을 뿐이지만 무열은 그런 생각이 들었다.

"지금부터 우린 두 개의 재료를 녹여서 하나로 만들어야 한다. 정제하는 과정은 어렵지 않지만 그걸 조합하는 일은 쉽지 않다."

무열은 탁자 위에 식인수의 껍질과 치어 기름을 꺼내놓았다.

"껍질 속에 있는 진액과 치어 기름을 녹여서 합친 뒤에 남은 껍질로 동그랗게 환을 만들어야 한다. 개수는 최소 30개. 재료의 양이 그다지 많지 않아 여유는 거의 없다. 절대로 실패하지 말아야 한다는 말이지."

지옹 슈는 난생처음 보는, 탁자 위에 있는 두 개의 재료를 바라봤다.

"그리고 이 일이야말로 네가, 네 손으로 트라멜에 살고 있는 수천 명의 사람을 구하는 일이다."

꿀꺽.

무열의 말에 지옹 슈는 자신도 모르게 마른침을 삼켰다.

"……제, 제가요?"

"그래, 오직 너만이 할 수 있는 일이다."

15세의 지옹 슈는 무열의 말에 가슴이 벅차오르는 것 같은 기분이었다.

두근.

다부진 그 눈빛에서 처음으로 떨림이 있었다.

"할 수 있겠느냐."

지금 무열은 몰랐다. 아무렇지 않게 생각한 이 만남이 미래

의 역사를 놀랍게 바꿀 만남이었다는 걸. 그리고 이 만남이야
말로 자신의 회귀로 인한 새로운 역사라는 것을.

전생(前生), 그때는 3거점이 몬스터에게 습격을 받고 폐허가
되었다. 살아남은 숫자는 기껏해야 몇 명. 그 안에 지옹 슈는
없었다.

하지만, 지금 그 아이는 이렇게 살아 무열의 앞에 서 있다.
그 작은 변화가 미래의 결과를 바꾼다.

마도 공학자(魔道工學者), 지옹 슈.

훗날, 과거에는 없었던 인류 최초의 마장기 부대를 창설하
는 초대 공학자와의 만남.

끄덕.

"하겠어요."

떨리던 눈동자와는 달리 지옹 슈는 망설임 없이 대답했다.

35장
검은 덩굴

"그럼, 부탁할게."

"네, 최선을 다하겠습니다."

지옹 슈가 무열이 건넨 재료들을 받아 들고는 혹여나 상할까 재빨리 인벤토리 안으로 넣으며 말했다.

"우리는 지금부터 다른 임무가 있다. 네가 필요한 것들이 있다면 라캉 씨가 도와주겠지만 결국은 너 혼자서 해야 할 일이다."

끄덕.

떨리는 눈으로 지옹 슈는 고개를 끄덕였다.

"쉽지 않을 거다."

흑암의 해법을 처음 발견한 사람은 칸 라흐만이다. 하지만 이 환을 만든 건 최초의 연금술사로 알려진 파비오 그로소였다.

'이제 곧 그가 연금술사 타이틀을 얻겠군. 생산 스킬이기 때문에 비석에 이름이 남진 않았지만 비공식적으로 가장 먼저 2차 전직을 했다고 알려져 있으니까.'

물론, 흑암의 해법은 몇 번이나 재해를 겪은 뒤에 밝혀진 것이기 때문에 조합과 인챈팅의 고수인 그에겐 어려운 일이 아니었다.

'하지만 지금은 시간이 없다.'

파비오 그로소가 어디에 있는지 찾을 수 있는 방도가 없는 지금, 지웅 슈에게 이 일을 맡기는 것은 사실 도박에 가까웠다.

하지만 할 수밖에 없다. 비록 도박일지라도 무열에게 있어서 그나마 이것이 가장 확률이 높으니까.

"알겠습니다."

지웅 슈는 무열의 말에 다시 한번 고개를 끄덕이고는 라캉 베자스를 바라봤다.

"네가 쓸 공방은 따로 준비해 뒀다. 안내해 주지."

"감사합니다."

"잘 부탁합니다."

"걱정 마십시오. 제가 할 수 있는 일은 이런 것뿐이니까요."

라캉 베자스는 사람 좋은 얼굴로 무열을 향해 웃었다.

'최소한 저 남자는 트라멜에 문제가 생기는 것에 있어서는 최선을 다할 것이다. 맡겨도 괜찮겠지.'

무열은 생각했다. 이곳에 있는 사람 중 아직 라캉 베자스만 큼은 온전히 자신의 사람이 아니라고.

'곧…… 그의 신뢰를 얻을 수 있는 기회가 올 거다.'

바로, '교섭술(交涉術)'.

거점 상점이 생기면서 라캉 베자스라는 인물을 대륙에 알리게 된 가장 큰 능력.

'그걸 내가 먼저 익힌 뒤에 가장 먼저 그에게 기회를 준다면…….'

이익을 주고 이익을 취한다.

감성적인 사람이 아닌 이익을 추구하는 남자에게 그보다 더 신뢰를 얻을 수 있는 방법은 없을 것이다.

무열은 고개를 돌려 최혁수를 바라봤다.

"선혈동굴에 함께 가지 못한 건 유감이야."

"괜찮아요. 능력이야, 뭐…… 언제든 올릴 수 있는 거고. 너무 마음에 두지 마세요."

그의 말에 무열은 가볍게 웃었다. 굳이 따진다면 이 말을 하기 위함이긴 하지만…… 미안한 마음은 진짜였으니까.

"그럼 다행이구. 또 부탁을 해야 할 것 같거든."

"……에?"

"만일의 경우에 대비해서 트라멜에 남아 흑암이 번지는 걸 최대한 막아줬으면 좋겠다."

무열은 지웅 슈를 믿었지만 언제나 최악의 수를 대비해야 했다. 만일, 그가 환을 만드는 것에 실패한다면 트라멜에 있는 사람들이 대피할 시간이 필요했다. 그것을 위한 것이 바로 진법이었다.

최혁수는 그 말에 피식 웃었다.

"이거…… 너무 내가 손해인데. 지금까지 이렇게 서비스를 많이 한 적은 없는데요."

"그래서 부탁한다고 했잖아."

무열은 처음 그와 만났을 때가 생각났다. 산채에서의 일을 떠올린 그는 두 손가락을 펼치며 말했다.

"대신 이 일이 끝나면 새로운 진법을 얻을 수 있도록 도와주마."

그 순간, 최혁수의 눈빛이 빛났다.

"그것도 두 가지. 보아하니 아직 퀘스트를 완료하지 못한 것 같던데……."

무열의 말에 그의 눈썹이 살짝 꿈틀거렸다.

그의 말대로였다. 환술사는 다수와의 싸움에선 위력을 발휘하지만 안타깝게도 치명적인 단점이 있었다. 단독 사냥에 약하다는 것.

그가 받았던 퀘스트. 그 단서가 있을 푸른 바위 갱도를, D급 던전임에도 불구하고 최혁수는 솔로 클리어에 실패했다.

아무리 불세출의 천재라 할지라도 환술사의 특성상 보옥과 쐐기로 진법을 만들어야 공격이 가능하기 때문에 사냥 시간이 너무나 길었기 때문이었다.

"갱도를 클리어하도록 도와주겠다. 그리고."

"……그리고?"

"물의 진법, 격류(激流)를 얻는 걸 도와주지."

무열의 한마디에 최혁수는 자신도 모르게 탄성을 질렀다.

"……하, 진짜 못 당하겠네. 이 사람."

씰룩거리는 입술은 결코 기분이 나빠서가 아니었다.

"도대체 뭐지? 공략집이라도 있는 거예요? 어떻게 필요한 걸 딱딱 알 수 있는 거지?"

그의 말에 무열은 가볍게 어깨를 들썩였다.

"글쎄. 남들보다 조금 더 많이 돌아다녔을 뿐이다."

사실상 무열이 알고 있는 진법의 획득 장소는 많지 않다. 그리고 대부분은 초기의 것뿐. 훈련소에 있을 당시 환술사들이 진법을 얻는 과정 몇 가지를 들은 덕분이었다.

"적어도 두 개의 던전 공략은 널 위해 할애하겠다. 그만큼 나에게 네가 필요하고 다른 사람들의 전력 상승을 위해서도 가치 있는 일이니까."

최혁수는 그 말에 피식 웃었다.

"결국 일석이조라는 거군요."

"네가 나와 쭉 함께 있다는 전제하에서겠지만."

결코 한마디도 지지 않는 무열의 대응이 오히려 최혁수는 마음에 들었다. 뜬구름 잡는 식의 말은 그가 거절이니까.

"좋아요. 이렇게 되면 이건 서비스가 아니지. 충분히 대가가 있는 거라니까."

"잘 부탁한다."

"부탁은 이제 이쪽에서 해야겠죠. 두 개의 스킬을 얻기 위해선 오히려 살아 돌아와야 할 테니까."

최혁수는 무열의 앞에 손을 내밀었다. 그의 손을 맞잡으며 무열 역시 고개를 끄덕였다.

"좋아, 급한 일은 이제 끝난 것 같으니…… 그럼 지금부터는 리앙제를 구출할 계획을 짜야겠군."

회의실에 있는 모든 사람이 고개를 끄덕였다.

"이곳에 있는 사람들은 트라멜에서도 최정예이다. 속전속결을 위해서 모두를 데려가고 싶지만 그럴 순 없다. 운이 좋게 흑암이 오기 전에 선혈동굴을 클리어했지만 우리에겐 이제 정말 시간이 없다."

무열은 주위를 훑었다.

"흑암이 당도하기 전에 리앙제를 구하는 것이 우선이지만 만약에 실패할 경우 요새 안의 사람들을 대피시키거나 혹은 흑암을 처리해야 할 사람이 필요하다."

"오르도 창."

"네, 주군."

"조금 전 내 말 알아들었겠지."

"……네?"

"넌 이번에 남는다."

순간, 무열의 말에 오르도 창의 눈빛이 떨렸다.

'흑암의 핵을 부수기 위해선 정확한 공격이 가능한 사람이 필요하다. 이곳에서 나와 비슷한 수준의 검술을 가진 사람이라면 오르도뿐이다.'

"흑암의 공략법을 알려주마. 당장 효과가 있을지는 모르지만 연사검의 정확도를 높이는 데 집중하고."

"……알겠습니다."

오르도 창은 무열의 곁을 떠나야 한다는 생각에 잠시 망설이는 듯싶었다. 하지만 그것이 명령이라면 받아들이겠다는 모습이었다.

"그리고, 선미 양. 당신도 이곳에 남으세요. 비약 중에 흑암에 유효한 힘을 가진 것들을 알려줄 테니 그걸 준비하세요."

"네, 그렇게 할게요."

무열의 결정을 조용히 듣던 강찬석은 살짝 불안한 표정으로 물었다.

"대장, 그럼…… 검은 덩굴 공략에 참가하는 사람은 누군가요?"

기껏해야 남은 인원은 자신과 칸 라흐만 두 사람뿐이었으
니까.

무열은 그의 걱정을 눈치챈 듯 가볍게 웃었다.

"걱정 마요. 두 사람을 대신할 사람도 여기에 있으니까. 진
아륜, 좀 도와줘야겠다."

"내가?"

"그래, 천륜미의 부상이 걱정되겠지만 오히려 악마족에게
당한 상처라면…… 검은 덩굴에서 해답을 찾을 수도 있을 테
니까."

"……확실하냐."

진아륜은 애인인 천륜미의 이름이 거론되자 날카롭게 물었다.

"적어도 해볼 만한 일이긴 하다. 지금 상황에서 카반다에게
입은 상처를 제대로 치유할 수 있는 힐러는 없을 테니까."

2차 전직 이후, 포션의 제조가 이뤄지거나 혹은 제대로 된
힐러가 나타나지 않는 이상 악마족에 의한 상처는 쉽사리 회
복할 수 없다.

악마족.

비슷한 명칭이지만 고등(高等)체인 마족과 달리 녀석들은 오
히려 동물에 가깝다고 할 수 있다. 몇몇의 수장을 제외하고는
지능이 낮은 군집체들. 하지만 이들의 무서운 점은 악마족만

이 가지고 있는 악마력(惡魔力)에 의한 독성이었다.

"확실한 건 아니지만 검은 덩굴 속의 진액이 상처의 진행을 늦춰준다는 말이 있다. 물론, 단순한 가시의 진액이 아니라 뿌리에서 얻어야 하지만."

"……."

진아륜은 무열의 말에 고민하는 표정이었다.

"제길, 어쩔 수 없게 만드는 녀석이군."

선택지는 없었다. 천륜미를 살리기 위해서 그는 뭐든지 할 테니까.

그렇다고 단순히 무열이 진아륜의 약점을 가지고 말한 것은 아니었다. 실제로 악마족의 층을 공략하기 위해 대규모 병력이 터널을 통해서 들어갔을 때, 몇몇 생존자의 증언이었으니까.

'그 당시에 난 실력이 되지 않아 악마족과 싸우지 못했었지만…….'

최소한 그 정보만큼은 틀리지 않았다.

"믿는다."

진아륜은 입술을 깨물며 말했다. 만에 하나 일이 틀어진다면 무열의 목에 검을 들이대겠다는 의지. 그런 그의 필사적인 마음이 무열도 나쁘지 않았다.

"믿어도 된다."

"······쳇."

진아륜은 무열의 대답에 쓴웃음을 지으며 먼저 자리에서
일어섰다.

"출발할 때 불러라. 난 몇 가지 준비할 것이 있으니."

무열은 그의 말에 고개를 끄덕였다.

"그리고 마지막."

"······?!"

그의 시선이 멈추자 회의실 안에 있는 모든 사람이 깜짝 놀
란 표정이었다. 아니, 눈이 마주친 당사자 역시 그런 표정이
었다.

"무슨 생각이지?"

"보이는 그대로."

"정말······ 종잡을 수 없는 녀석이군, 넌."

"사람을 살리는 데 고민할 게 뭐 있지? 도움이 될 만한 사
람이 있는데 이런 상황에서 마다하는 게 더 어리석은 짓이지
않을까."

베이 신. 그는 자신을 똑바로 쳐다보며 말하는 무열을 보며
자신도 모르게 헛웃음을 지었다.

"얼마 전까지만 하더라도 너와 싸웠던 나를?"

이유를 묻는 눈치였다.

"진아륜을 이곳에 데려온 사람이니까. 적진이라는 것을 알

면서 죽어가는 사람을 외면하지 못했다면…… 제의를 해볼 만한 근거는 되겠지."

"뒤에서 너에게 칼을 꽂을 수도 있는데?"

"그렇게 되면 트라멜에 있는 수천의 사람을 당신이 죽이게 되겠지."

무열의 대답에 베이 신은 못 당하겠다는 표정으로 고개를 저었다.

"지금 이곳에서 당신만큼 훌륭한 전력이 또 있을까. 권사 클래스 중 가장 높은 랭커인 당신을 내가 제외한다는 게 오히려 말이 되지 않지."

처음부터 진아륜과 함께 회의실에 들어온 그를 보며 무열은 결정을 내렸었다. 검은 덩굴을 뚫고 리앙제를 구출하는 과정에 그를 포함시켜야겠다고.

확실한 전력. 그게 이유였지만 무열은 그보다 더 미래를 생각한 계획이 있었다.

'베이 신.'

그는 창왕 필립 로엔과 함께 권성의 타이틀을 얻었던 강자다. 가까스로 포로로 잡았지만 그와의 접점이 없어 결국 풀어준 이 남자가 제 발로 다시 트라멜에 왔다. 이보다 더 좋은 기회가 있을까.

"우리를 도와다오."

모두의 시선이 베이 신을 향했다. 한 거점의 수장이자 어쩌면 또다시 적이 되어야 마땅할 남자가 너무나도 당연하게 자신에게 부탁을 하자 그는 당혹스러울 수밖에 없었다.

"……."

왜인지…… 포로로 잡혀 감옥에 있을 때 그의 등이 커다랗게 느껴졌던 그때가 베이 신의 머리를 스쳐 지나갔다.

무열은 '나'가 아닌 '우리'라고 말했다.

"훗……."

쓰러져 있던 진아륜을 만난 뒤, 트라멜로 다시 돌아오게 된 이유가 바로 이것 때문일까.

베이 신은 자신도 모르게 낮은 숨을 토해냈다.

"한 번뿐이다."

"좋다."

그의 대답에 무열은 가볍게 웃었다.

한 번. 그래, 한 번으로 충분하다.

무열은 그를 바라보며 생각했다.

'베이 신, 이번 기회를 통해 당신을 얻겠다.'

촤아아악———!!!!

날카로운 예기를 띤 무열의 검이 검은 덩굴을 잘랐다. 몇 가닥의 가시가 바닥에 떨어지고 다시 몇 번의 검이 궤도를 그리고 나서야 공방의 문이 모습을 드러냈다.

"후우……."

모두가 긴장된 표정으로 그의 앞을 바라봤다. 당장에라도 부서질 것같이 꽉 조여진 공방의 모습 뒤로 무열이 고개를 돌렸다.

끼이이익…….

공방의 문이 열렸다. 완전히 불이 꺼진 건물 내부는 밝은 아침임에도 불구하고 아무것도 보이지 않았다. 마치, 다른 장소인 것처럼.

"음……?"

뭔가 이상했다.

무열은 공방 안을 바라보며 인상을 구겼다.

기분 탓일까. 어두운 탓에 아무것도 보이지 않음에도 불구하고 마치 앞의 허공이 일렁이는 느낌이었다.

"모두 들어간다."

윤선미와 오르도 창, 그리고 라캉 베자스는 무열 일행의 마지막 모습을 보며 고개를 숙였다. 공방의 주변은 통제되고 있었기 때문에 아무도 없었다. 심지어 성벽 위의 병사들조차 모두 치웠다. 요새 사람들에게 괜한 불안감을 줄 필요가 없다고 생각한 것도 있지만, 사실 검은 덩굴 안으로 들어간 이들의 결과가 어떨지 아무도 모르기 때문이 더 컸다.

저벅.

그때였다. 한 걸음을 공방 안으로 내딛는 순간.

사아아악……!!!!!

느껴지는 차가운 한기.

"크윽?!"

"흡……!!"

차가운 바람이 무열의 얼굴을 지나 순식간에 그의 뒤에 있는 나머지 사람들까지 덮치듯 휘몰아쳤다.

"자…… 잠깐……!!"

"조, 조심!!"

갑작스러운 돌풍은 어둠으로 변했고 윤선미와 최혁수 등, 뒤에 있는 사람들이 반응을 하기도 전에 어둠은 무열을 삼켰다.

"이게 무슨…….."

칸 라흐만은 순식간에 사라진 사람들을 보며 낮은 목소리로 중얼거렸다.

쿠드드드득…….

공방의 문은 언제 그랬냐는 듯 다시 닫혔다. 그와 동시에 검은 덩굴의 가시들이 자라나 문을 감쌌다.

더 이상, 그 누구도 이 안으로 들어올 수 없다.

"다들 괜찮나."

"네, 뭐……."

"끄응…… 뭐였지, 방금."

공방 안으로 빨려 들어간 뒤에 흡수되는 과정에서 강렬한 충격이 있었다.

"이 정도 통증으로 정신을 잃다니. 어쌔신이란 건 꽤나 허약한 직업이군. 유니크 클래스라기에 뭔가 좀 특별할 줄 알았는데."

마지막으로 깨어난 진아륜의 목소리를 들으며 베이 신이 말했다. 비아냥거리는 그의 목소리에 진아륜은 고개를 끄덕였다.

"그래, 딱히 특별할 건 없지. 그런데……."

스윽.

베이 신의 귓가에서 그의 목소리가 들렸다.

"지금 당신 목에 내 단검이 닿아 있는 거, 눈치챘나?"

"……."

누구도 알아차리지 못했다. 조금 전까지 바닥에 쓰러져 있던 그가 움직이는 기적을 아무도 느끼지 못했다.

진아륜의 한마디에 베이 신은 입을 다물고 말았다.

"홋, 농담이야."

목에 대고 있던 손가락을 떼어내며 진아륜은 피식 웃었다.

"장난은 여기까지."

유일하게 정신을 잃지 않았던 무열은 어느새 어둠에 눈이 적응된 듯 주위를 훑으며 말했다.

"눈앞의 메시지창부터 읽도록 해, 진아륜."

"음……? 메시지창이라니……."

무열의 말에 진아륜이 그제야 자신의 눈앞에 생성된 창을 찾을 수 있었다.

[검은 공방에 입장하였습니다.]

[검은 공방 최초 발견자!!]

[특전 무(無)]

[약화 효과 존재]

[던전 내 근력, 체력, 민첩 감소 10%]

[던전 내 회복력 감소 5%]

"자, 잠깐……? 약화? 디버프(Debuff)가 있다고? 뭐 이런 경우가 다 있어?"

진아륜은 그제야 자신의 몸이 평상시보다 조금 무거워졌다는 걸 깨달았다.

"넌 아직 이 사태의 심각성을 모르는 것 같군."

"무슨……?"

베이 신은 메시지창을 보며 놀라는 진아륜을 향해 나지막한 목소리로 말했다.

"위에 쓰여 있는 말, 최초 발견자라는 것 말이야."

"그게 어때서……?"

"원래대로라면 그냥 이곳은 공방에 불과해. 그런데 메시지가 떴다는 건…….

무열은 잠시 뜸을 들인 후에 말했다.

"이곳이 던전화되었다는 것을 뜻한다."

"……던전화?"

"그래, 지금까지 이런 적은 처음이지. 한마디로 말해서 트라멜 안에 던전이 만들어졌다는 것. 게다가…….

천천히 고개를 들었다. 공방까지 가는 길이 어둠에 가려져 보이지 않았다. 라캉 베자스가 알려준 설계 도면대로라면 분명 저 앞에 있어야 하는 계단도 없었다.

'올라갈 수 있는 길이 없다.'

무열은 나지막한 목소리로 말했다.

"이미 지형이 바뀌었다."

공방이지만 공방이 아닌 곳. 완전히 새로운 곳. 더 이상 이 곳은 단순한 건물이 아닌 던전이었다.

"긴장을 해야겠군."

베이 신은 무열의 말에 자신의 건틀릿을 다시 한번 조이며 말했다.

"그래, 이미 시작되었으니까."

"……음?"

무열의 말이 끝남과 동시에 모든 사람이 일제히 앞을 바라 봤다.

쿠드드드드…….

검은 어둠 속에서 균열이 일어나며 공간이 찢어지고 커다 란 웜홀이 만들어지기 시작했다.

하나, 둘, 셋, 넷…….

무열 일행은 주위에서 생성되는 웜홀들을 바라보며 저마다 자신의 무기를 들었다.

갈라진 틈 사이로 보이는 붉은빛들. 용암이 눈앞에 흐르는 것처럼 엄청난 열기가 웜홀을 뚫고 뿌려졌다.

몇몇의 사람은 그 열기에 얼굴을 가리고 뒤로 물러섰다.

마치, 다른 세상이 펼쳐진 것 같은 모습.

"온다."

무열은 직감했다. 이건 단순한 웜홀이 아니라는 것을.

던전 속에 있어야 할 것.

그건 바로, 몬스터(Monster).

[크아아아아아아아———!!!!!]

각각의 웜홀 속에서 들려오는 괴물의 포효.

그 안에서 튀어나오는 거대한 벌레들이 일제히 무열 일행을 향해 쏟아졌다. 애벌레 같은 형태의 시커멓고 단단한 외피를 두르고 있는 녀석들은 기묘하게도 새의 부리 같은 길쭉한 입을 가지고 있었다.

괴물들에게 정상적이라는 표현을 쓰는 것 자체가 우습지만 녀석들이야말로 절대로 정상적이지 않다.

악마족의 서른세 번째 하수인.

녀석들이 한 번씩 아가리를 벌릴 때마다 고막이 찢어질 것 같은 소리가 들렸다.

땅굴 벌레.

무열이 괴물의 모습을 확인함과 동시에 소리쳤다.

"커널스 웜(Canals Worm)……?! 모두 산개해!!!"

다급한 목소리.

지금까지와는 전혀 다른 외침이었다. 하지만 이미 수십, 수백 마리의 벌레가 바닥을 기고 공중으로 튀어 오르며 무열 일행의 주위를 감싸고 있었다.

"아악!! 제길, 떨어져!!"

꾸륵…… 꾸륵…… 꾸륵…….

날카로운 새의 부리 같은 입으로 벌레는 베이 신의 팔목을 찔렀다. 그와 동시에 마치 주사기로 빨아들이듯 부리가 붉은 색으로 변했다.

찌릿한 통증과 함께 베이 신은 자신도 모르게 휘청거리며 무릎을 꿇었다.

"크윽?!"

시야가 핑 도는 느낌.

근육질의 단단한 체구의 베이 신이 작은 벌레 한 마리에 무너질 것이라고는 아무도 상상하지 못한 일이었다.

"치잇!!"

황급히 옆에 있던 강찬석이 그의 팔에 붙어 있던 벌레를 뜯어내고는 멀리 던졌다.

철푸덕-!!

벽에 부딪힌 벌레가 터지면서 그 안에 있던 붉은 피가 벽에 퍼졌다.

"다들 조심해. 저 녀석들은 덩굴에 기생하는 벌레. 날카로운 부리에 물리면 마비가 된다."

"쳇, 그건 이미 충분히 알고 있다고."

공격을 당했지만 베이 신은 이를 악물며 일어섰다. 힘줄이 튀어나올 정도로 부들거렸지만 그는 직접 자신의 팔에 붕대를 감았다. 확실히 권사 클래스 최강자다운 모습이었다.

"공략법은?"

"없습니다, 지금은."

"……뭐?"

칸 라흐만은 무열의 대답에 얼굴을 구겼다.

한 번만 물려도 몸이 마비되는 벌레가 눈앞에 수백 마리나 있었다.

"그냥 모두 잡아버리면 된다는 거죠?"

그러나 걱정을 하는 그와는 달리 강찬석은 오히려 자신의 베틀 액스를 고쳐 쥐며 말했다.

단순하다고 볼 수 있지만 그렇기 때문에 그가 강한 것일지 모른다.

"일단은."

"그 말은 뭔가 더 있다는 말인가?"

무열은 자신의 영역으로 계속해서 들어오는 커널스 웜들을 검으로 베어내면서 말했다.

"이 녀석들의 습성은 검은 덩굴과 마찬가지로 터널을 뚫으려는 데 있죠. 다행히 공격력이 있는 건 부리뿐. 부리만 조심해서 녀석들을 잡으세요."

"하지만…… 이게 끝이 아니라면서?"

"끝을 내기 위한 작업입니다."

칸 라흐만은 무열의 말이 이해가 가지 않는 표정이었다.

화르르륵───!!!

무열은 두 자루의 검에 있는 힘껏 힘을 밀어 넣었다. 마력을 머금은 화진검(火眞劍)은 맹렬한 불꽃을 뿜어내기 시작했다. 그는 망설임 없이 벌레들을 향해 검을 그었다.

콰가가각……!!

카각……!!

바닥을 긁는 소리와 함께 형체를 알아볼 수 없을 정도로 불에 그슬린 커널스 웜들이 사방으로 튀었다.

[캬아아아─!!]

유충 같은 몸이 아치형으로 꺾이면서 튀어 오르자 순식간에 무열의 얼굴까지 올랐다.

녀석들이 일제히 미사일처럼 무열을 향해 쏟아지는 순간, 강찬석이 그 앞을 막았다.

쾅!! 콰쾅!!!

베틀 액스의 옆면이 휘청거렸다.

단단한 부리는 강찬석의 베틀 액스와 부딪히고도 멀쩡한 듯 바닥에 떨어지자마자 녀석들은 다시 한번 튀어 올라 강찬석을 공격했다.

"으아아아아!!!"

강찬석이 있는 힘껏 도끼를 휘둘렀다. 맹렬한 풍압과 함께 벌레들이 사방으로 터지며 내장에서 흘러나온 끈적한 액체들이 흩날렸다.

"헉, 헉……."

수십 마리를 한꺼번에 쓸어버린 공격임에도 불구하고 오히려 호흡이 가쁜 건 강찬석이었다.

"제길……."

그는 자신의 허벅지를 물고 있는 벌레를 뜯어내며 이를 갈았다.

쾅——!!!

비틀거리는 그의 앞으로 보랏빛의 화염이 원을 그리며 퍼져 나갔다.

비연검(飛軟劍) 3식.

무열의 검이 공중에서 그물처럼 빠르게 움직였다. 그 궤도를 따라 화염이 수를 놓으며 벌레들을 태워 버렸다.

"조심해. 꽤…… 길어질 테니까."

꾸역꾸역 밀려오는 벌레들을 바라보며 그는 나지막한 목소리로 말했다.

"언제까지 이렇게 싸워야 하는 거야?!"

"성충이 나타날 때까지."

"……그게 언젠데?"

무열은 진아륜의 외침에 대답 대신 검을 들었다. 비틀거리는 강찬석을 보호하며 그가 말했다.

"아무도 모른다."

✾

"괜찮을까요……?"

"너무 걱정하지 마세요. 주군이시라면."

"그래요. 그 사람, 보통내기가 아니니까. 죽어도 죽지 않을 위인일걸요."

작은 공방에 모인 오르도 창과 최혁수는 비약을 만드는 윤선미를 보며 말했다.

"하지만……."

불안한 표정으로 말하는 윤선미를 보며 최혁수는 피식 웃었다.

'선혈동굴을 클리어했다고 해서 강단이 있는 사람이라고 생각했는데……. 흠, 너무 연약한걸.'

그는 그녀의 뒷모습을 보면서 흥미를 잃은 듯한 표정이었다.

하지만 최혁수는 모른다. 윤선미가 동굴에서 어떤 존재를 만났었는지를. 인간이 아닌, 아니, 이 세계에 존재하는 것인지도 알 수 없는.

"이제 겨우 들어간 지 1시간도 안 됐어요. 별일이 있다고 해도 최소한 지금은 아닐 겁니다."

최혁수는 자신만만한 얼굴로 말했다.

"하아…… 하아…….."

"제기랄……!"

"물이 얼마나 남았지?"

"기껏해야 하루치 정도 남았습니다."

"난 암살이 특기지 사냥은 아니라고. 내가 살아서 돌아가면 강무열, 네 목을 따겠어."

"훗…… 그래."

어둠 속에서 대화가 이어졌다.

"이건 진짜 미친 짓이야."

갈라지는 베이 신의 목소리.

"말할 기력이 있으면 조금이라도 더 쉬어라. 이제 곧 시작되니까."

그리고 그와 마찬가지로 힘이 빠진 무열의 목소리가 이어졌다.

우우우우웅…….

웜홀이 다시 열리기 시작했다. 구멍 사이로 쏟아지는 빛이 서서히 어둠을 뚫고 나오자 바닥이 온통 끈적한 액체들로 뒤덮여 있는 것이 보였다.

다섯 명이 깔고 앉아 있는 것.

그건…….

벌레의 사체.

수백?

아니, 수천이 훌쩍 넘을 것이다.

"우리가 이곳에 들어온 지 며칠이나 되었지."

무열이 두 자루의 검을 뽑아 웜홀을 향해 겨누며 물었다.

강찬석이 그의 등 뒤에 서며 힘겹게 말했다.

"일주일입니다."

36장
랭크 업(Rank Up)

콰아앙———!!!

강렬한 굉음이 어두운 공방 안에서 울려 퍼졌다.

단단한 강철이 바닥으로 떨어지는 소리. 하지만 정확히 말하자면 그건 강철이 아닌 그만큼 단단한 성충의 껍질이었다.

"후아……!!"

파드득…… 파드드득…….

커다란 벌레의 껍질이 잡아 뜯기고 부서져 그 안의 진득한 점액이 묻어 있는 속살에서 피가 흘러내렸다. 아직 숨이 붙어 있는 벌레는 바닥에서 꿈틀거리며 어떻게든 살기 위해 발버둥 쳤다.

커다란 부리의 위는 이미 부서져 아무런 쓸모가 없었고 그 안으로 녀석과 똑같이 생긴 작은 벌레들이 주르륵 흘러나오고 있었다.

"괴물 새끼."

베이 신은 자신과 똑같이 생긴 유충들을 뱉고 있는, 마치 산란을 하는 듯한 그 모습에 인상을 구기며 소리쳤다.

"이걸로 마지막이다."

강권(強拳)-5계(界).

권사 클래스의 고유 스킬인 강권의 마지막 단계.

그의 건틀릿이 희미한 빛을 뿜어내며 묵직한 주먹이 커널스 웜 성충의 머리를 짓눌렀다.

콰드득……!!!

유충을 뱉어내던 머리가 완전히 산산조각이 났다. 고통에 커다란 몸뚱이를 꿈틀거리던 벌레가 끝내 힘없이 축 늘어지고 말았다.

"끝났다."

칸 라흐만은 거대한 성충의 사체를 보며 그제야 한숨을 내쉬며 자리에서 털썩 주저앉았다.

"빌어먹을 녀석……. 이놈을 잡으려고 열흘이 넘게 이 어두운 공방 속에 잡혀 있었다니."

진아륜은 이틀 동안 물 한 모금 제대로 마시지 못한 채 싸웠다는 사실에 진절머리가 나는 듯 고개를 저었다.

치이이이익……!!

치직……!!

그 순간, 성충의 사체가 사라짐과 동시에 진아륜과 무열의 몸 주위로 황금빛이 일렁거렸다가 사라졌다.

"뭐, 뭐지?"

공방의 어둠이 일순간 사라졌다.

진아륜은 자신의 변화에 깜짝 놀란 표정으로 두 손을 들며 말했다.

"랭크 업이다. 설마…… 너희 여태 D랭크였던 건가."

베이 신은 깜짝 놀라는 표정의 진아륜을 바라보더니 이내 혀를 찼다.

"내 목에 단검을 가져다 댄 녀석이 고작 D랭커라니. 나 참, 어이가 없군."

그렇게 말하면서도 비록 어둠 속이었다 하더라도 자신이 기척을 느끼지 못할 정도의 잠행을 떠올리며 그는 진아륜이 가진 유니크 클래스의 위력을 새삼 느꼈다.

"저 치는 그렇다 치더라도 너까지 D랭커였을 줄은 상상도 못 한 일이다."

"어차피 2차 전직은 B랭크에서 하는 거니까."

"하…… 거기까지 알고 있나? 뭐, 어디서 들은 걸 수도 있지만, 웬만한 D랭커들은 알지 못하는 일인데."

베이 신이 무열을 바라보며 말했다.

"주위에 이렇게 C랭커가 잔뜩 있는데 모를 리가."

"홋…… 그렇게 말하면 그럴 수도."

그는 석연치 않은 표정을 지었지만 이내 곧 무열에게서 시선을 뗐다.

'D랭커에게 트라멜을 빼앗겼다니. 정말…… 웃기지도 않는 일이로군. 내로라하는 랭커들이 그곳에 잔뜩 있었는데 말이지.'

베이 신은 가볍게 주먹을 움켜쥐었다.

'분명…… 필립 로엔, 그 자식과 일기토를 벌였다고 들었는데.'

트라멜을 공격하던 당시 필립 로엔은 무열의 손을 들었다. 갑작스러운 그의 합류로 인해 힘의 균형이 무너지고 결국 자신이 패배하게 되었으니까.

'필립 로엔이 강무열에게 졌다?'

베이 신은 눈을 흘겼다.

'도대체 뭔지 모르겠군. 어디서 뭘 획득한 거지? 저 녀석이 얻은 직업…….'

두 단계의 랭크를 뛰어넘을 만큼의 대단한 힘을 가질 수 있게 된 이유를 베이 신은 무열이 특수한 직업을 얻었기 때문이라 생각했다.

'분명 녀석도 유니크 클래스겠지.'

진아륜만 보더라도 그 능력은 충분히 실감했으니까.

'2차 전직 때는 나도……'

불꽃 첨탑에서 얻은 기본 클래스와의 차이를 실감한 베이신은 오히려 다시 한번 도약할 기회를 찾고 있었다.

물론, 제아무리 그라 할지라도 무열이 하나가 아닌 두 개의 클래스를 보유했으리라고는 상상하지 못할 것이다. 그것도 유니크 클래스가 아닌 히든 클래스를.

[랭크 상승 D -〉C]

[랭크 업 특전]

[모든 스테이터스 5% 상승]

[직업 관련 숙련도 획득 10 Point 상승]

[기타 스킬 숙련도 획득 15 Point 상승]

[직업 전용 스킬 획득]

[스킬 : 굴절(屈折)의 록(Lock)이 해제되었습니다.]

[스킬 : 열화천(熱火遷)의 록(Lock)이 해제되었습니다.]

"으흠……?"

무열은 메시지창을 바라보며 생각했다.

'스킬이 생겼어?'

2차 직업은 B랭크를 마스터하였을 때 획득한다. 무열이 알기로는 스킬북을 획득해서 얻지 않는 이상 새로운 스킬은 2차 전직을 하면서 얻는다.

D랭크에서 C랭크로 승급이 될 때는 단순한 스테이터스의 증가만이 특전이라 알려져 있었다.

"베이 신, 혹시 C랭크가 되면 새로운 스킬을 얻거나 하지는 않았나?"

"흥, 혼자 모든 걸 아는 것 같던데 딱히 그렇지도 않은가 보군. 랭크 업을 하면서 뭔가 기대라도 했나 본데, 그렇지 않다. C랭크가 될 때는 새로 전직을 하는 것도 아니니까."

"으흠…… 그렇군."

무열은 고개를 끄덕였다. 자신이 알고 있는 그대로였으니까.

'위기가 기회가 되었군. 미친 듯이 싸운 덕분에 랭크 업을 할 수 있었어. 생각했던 것보다 랭크 업 속도가 늦었다. 아마도 듀얼 클래스이기 때문이겠지.'

랭크의 숙련도를 올리는 데 있어서 가장 중요한 것이 바로 클래스.

자신의 직업에 맞는 행위를 할 때 가장 많은 숙련도를 쌓게 되는 법. 전투 클래스는 전투를, 생산 클래스는 생산을 해야 올라가는 것이라 했을 때, 두 개의 직업을 가지고 있는 무열은 그만큼 뛰어난 능력치를 보유하고 있었지만 반대로 랭크를 올리는 것이 쉽지 않았다.

'그런데 이곳에 와서 숙련도의 상승 폭이 비약적으로 높아 졌어.'

"우아…… 저도 어느새 랭크 숙련도가 절반을 넘었네요. 한 달 가까이 거의 그대로였는데."

"허허, 그러고 보니 나도 그렇군. 매일 체크를 하는 편인 데…… 여기 와서는 그럴 시간이 없었구만. 벌써 75%라네. 열 흘 만에 거의 30%가 넘게 올랐는걸."

강찬석과 칸 라흐만은 자신의 상태창을 보며 기쁨 반 놀라 움 반인 표정을 지었다.

"……."

베이 신 역시 말이 없는 걸 봐서는 아마도 자신의 상태창을 살피고 있는 것이 분명했다.

"상태창."

이름 : 강무열

랭크 : C

직업 : 패스파인더 & 화염의 군주

근력 : 580(+80) 민첩 : 390(-30)

체력 : 450(+200) 마력 : 262

〈히든 스테이터스〉

카르마(Karma) : 30 / 100

권위(Authority) : 45 / 100

〈내성력〉

물리 내성 : 30 마력 내성 : 30

화염 내성 : 20

〈속성력〉

화염 속성 : 50

번개 속성 : 20(무기 한정)

〈버프〉

[최초의 검술 창조자]

[불꽃 첨탑의 강자]

[경기장의 승리자]

〈타이틀〉

퍼스트 킬러(First Killer) - 활성화

검의 구도자(Seeker of the Sword) - 활성화

〈전투 스킬〉

검술 마스터리 : 95%(D랭크)

-강검술 : 50% - 3식

-비연검 : 25% - 3식

굴절 : 0%(C랭크)

열화천 : 0%(C랭크)

완벽한 붕대법 : 35%(D랭크)

마나 운용법 : 20%(C랭크)

-벤누의 호흡법 적용

〈생산 스킬〉

[지도 제작 : 75%(E랭크)]

무열은 상태창에 보이는 신규 스킬에 손을 가져갔다.

[굴절(屈折)]

패스파인더 전용 스킬. 명명되어 있는 룰에서 비껴 나갈 수 있는 구도자만이 사용할 수 있는 능력. 공간을 비틀어 일순간 비약적으로 빠른 속도로 움직일 수 있다.

'으흠…… 설명만 봐서는 신속(迅速)과 유사한 능력이군. 좋은 걸 얻었어.'

만족스러운 듯 고개를 끄덕였다.

암살자의 2차 전직 이후 얻을 수 있는 고유 스킬인 신속은 숙련도를 높이면 육안으로 좇을 수 없을 정도로 빠르게 움직일 수 있다.

'시간 제약이 있는 것 같은데 굴절의 능력이 어느 정도까지인지는 시험해 볼 필요가 있겠어.'

무열은 남은 스킬을 눌렀다.

[열화천(熱火遷)]

화염의 군주 전용 스킬. 화염의 군주가 사용하는 화진검의 일부 능력을 자신의 부대원들에게 부여해 강화시킬 수 있다. 소속된 부대원들은 군주의 영향력에 따라 화속성을 얻는 시간이 달라진다.

패스파인더와는 달리 화염의 군주는 군주라는 특성 그대로 자신이 아닌 부대원들의 버프(Buff) 스킬이었다.

'괜찮군. 속성 공격이 필요할 때 유용하기도 하겠지만 일단 병사들을 강화시킬 수 있는 장점이 있으니까.'

속성을 가지게 되면 일반적인 대미지 이외에 속성 대미지를 추가할 수 있게 된다. 같은 공격을 하더라도 추가 대미지가 들어간다는 건 적은 수의 병력으로도 많은 적을 상대할 수 있게 된다는 것.

'이건 권좌에 오르는 데에 적합한 능력이다.'

개인과 다수.

전혀 다른 두 가지에 특화되어 있는 두 개의 직업을 모두 가지고 있는 무열이었기 때문에 얻는 스킬도 달랐다.

'랭크 업을 해도 속성력과 내성력은 따로 오르진 않았지만…… 생각지 못한 카르마와 권위가 예상보다 많이 올랐어.'

마력과 같이 히든 스테이터스라 할지라도 공개되어 있는 것과는 달리, 완전히 정보가 없는 이 두 개의 능력치는 따로 숙련도를 올리는 방법을 찾지 못했다.

'마력 같은 경우 처음 얻었지만 벤누의 호흡법이 있기 때문에 숙련도를 높이는 확실한 방법이 있다. 하지만 이 두 가지는 아직까지 밝혀내지 못했어.'

중요한 건 그의 행동들.

'내가 어떻게 사람들을 대하느냐에 따라 상승할 수도, 하락할 수도 있는 능력치다.'

트라멜을 수복하는 과정에서 무열이 보여주었던 모습들. 그 모습들이 그의 히든 스테이터스를 올리는 데 주요한 역할을 했다.

'조금 더 신중해질 필요가 있어.'

무열은 자신의 검을 고쳐 쥐었다.

"이 정도 속도면 던전을 나갈 때쯤엔 한 번 더 랭크 업을 할 수 있을지도 모르겠는걸."

"그러게 말일세. 힘들긴 하지만 생각지도 못한 경험치를 주는 곳이었어."

진아륜의 말에 칸 라흐만은 가볍게 웃으며 대답했다. 지옥과도 같은 열흘이었지만 지금에 와서는 오히려 그 시간이 고마울 따름이었다.

"그만큼 위험한 곳이라는 뜻이겠지. 랭크의 숙련도가 오르는 이유를 알 텐데. 쉴 새 없이 전투를 한 결과라는 거니까."

베이 신은 자신의 목을 좌우로 움직이며 말했다.

"우리가 온 목적을 잊지 마라."

"쳇…… 알고 있다."

진아륜은 꾸짖듯 말하는 그를 바라보며 입술을 씰룩거렸다.

"던전화되었다고 하면서 어째 여기 나오는 몬스터들은 아이템은커녕 마석조차 드랍하지 않는군."

보통의 몬스터는 죽음과 동시에 마석을 남기며 산화되어 사라진다. 그 광경을 보면 생명체이지만 마치 인공적으로 만들어진 것 같은 느낌이 든다.

그러나 공방 속의 몬스터들은 죽어도 사라지지 않는다. 오히려 현실에 가깝게 사체 그대로 남아 있었다.

"여긴 던전이지만 던전이 아닌 곳이니까. 세븐 쓰론과는 별개의 지역이다."

"그게 무슨 말이지?"

"이놈들은 세븐 쓰론에 사는 놈들이 아니다. 이 녀석들이 나왔다는 건 저 웜홀이 다른 계(界)와 연결되어 있다는 걸 의미하니까."

"다른…… 계?"

"그래."

무열은 고개를 끄덕였다.

"그러니 세븐 쓰론의 규율이 적용되지 않아도 이상할 것이 없지.”

베이 신은 그의 말이 이해되지 않는 듯 고개를 갸웃거렸다.

‘분명 아직 끝난 게 아니다.’

이유는 간단하다. 공방 속에 있어야 할 리앙제가 없으니까.

그때였다. 커널스 웜의 성충을 잡고 난 뒤 한동안 잠잠했던 웜홀이 다시 한번 움직이기 시작했다.

“뭐야……? 또?”

진아륜은 이 모습에 인상을 구겼다.

쉴 틈이 없다. 제대로 먹지도, 마시지도 못한 상태였다.

아무리 랭크 업을 했다 하더라도 제대로 회복이 되지 않은 상태로 또다시 전투에 돌입해야 한다는 것은 부담스러운 일이었다.

쿠드드드드…….

무열 일행을 감싸고 있던 다섯 개의 웜홀이 번뜩이면서 일렁이기 시작했다. 그들의 주위를 빠르게 회전하던 웜홀들이 일제히 멈추더니 빨려 들어가듯 하나로 합쳐졌다. 그와 동시에 웜홀 속에서 빛이 뿜어 나오며 커다란 하나의 구멍이 만들어졌다.

스카칵……!

치직…… 치지지직……!!!

거대한 웜홀의 주위로 스파크가 일었다.

"분위기가…… 심상치 않은걸."

진아륜은 자신의 단검을 쥐고 자세를 잡으면서 불안한 목소리로 말했다.

저벅, 저벅, 저벅.

그 순간, 웜홀 안에서 발소리가 들렸다. 모두의 시선이 그곳에 집중되었다.

"……!!"

웜홀 속에서 작은 발 하나가 나온 순간 그들은 놀란 표정으로 그곳을 바라봤다.

"리앙제?"

창백한 얼굴. 초점을 잃은 눈동자로 걸어 나오는 사람은 다시 봐도 그녀였다.

"리앙제……!!!"

무열이 황급히 그녀를 잡기 위해 달려갔다. 아니, 달려가려 했다.

그 순간.

"너희는 누구냐."

리앙제의 뒤에서 들려오는 목소리.

무열은 걸음을 멈추고 황급히 고개를 들었다.

"……."

리앙제의 머리 위에 손을 얹고서 자신들을 바라보는 칠흑의 눈동자. 남자인지 여자인지 모를 중성의 목소리로 그가 무열을 향해 말했다.

"어째서 이곳에 있는 거지?"

물음과 동시에 고개를 꺾자 마치 기계가 움직이는 것 같은 삐걱거리는 소리가 들렸다.

무열의 눈동자가 떨렸다. 머리부터 발끝까지 새까만 존재는 이따금 깜빡거리며 움직이는 눈꺼풀만이 느껴질 뿐이었다.

"……진아륜, 네 말이 맞다."

"뭐?"

"아무래도 공방에서 나갈 때쯤이면 정말로 랭크 업을 한 번 더 할 수 있을지도."

"그게 무슨…….."

무열은 긴장된 목소리로 말했다.

"저 녀석을 잡으면 말이지."

그제야 그는 어째서 리앙제에게 이런 일이 닥치게 된 것인지 이해가 되었다.

악마군 8대 장군 중 한 명인 귀면장(鬼面將), 아자젤.

"너, 날 알고 있나?"

아자젤은 검은 눈빛으로 무열을 바라봤다. 고개를 꺾을 때마다 들리는 기묘한 소리가 공방에 울렸다.

무열은 그의 손아귀에 놓여 있는 리앙제와 그를 번갈아 가며 말했다.

"악마군 8대 장군. 악몽과 영혼을 다루는 귀면장(鬼面將), 아자젤. 악명 높은 널 모를 리가."

그 순간, 아자젤의 얼굴이 씰룩거리며 움직였다.

"8대 장군……? 누가 우리를 계급 짓지? 우리 악마들은 모두가 평등하다."

그의 반응은 마치 무열의 말이 처음 듣는 소리라는 것 같았다.

'으흠…… 8대 장군을 모르는 건가? 아직 권좌가 정해지지 않아서인가? 장군직이 없다는 건 그 밑의 체계도 만들어지지 않았다는 말인데…….'

무열의 눈빛이 번뜩였다.

"어째서 악마인 네가 이곳에 온 거지? 무슨 이유로."

"내 이름을 아는 넌 뭐지? 인간 중에 우릴 아는 자가 있다니. 혹시…… 창 일가나 진묘족의 일원인가. 아니지, 녀석들 특유의 기운이 없는걸 봐서는…… 흠, 부렉 가문의 일족?"

"이름을 안다고 놀라는 것치곤 꽤나 인간계에 많은 사람을 알고 있는 것 같은데?"

무열의 말에 아자젤이 가볍게 입꼬리를 올렸다. 입을 벌리자 거의 귀 끝까지 입이 갈라지며 그 안에서 날카로운 송곳니가 보였다.

"그래 봐야 500년 전의 일. 나를 알고 있는 자들이라고 해 봐야…… 입에서 입으로 전해 들은 것뿐이겠지."

꽈악.

"아…… 아악."

아자젤이 리앙제의 머리를 잡은 손에 힘을 주었다. 그러자 그녀의 작은 몸이 파르르 떨렸다.

"그래, 아직 내 물음에 대답을 하지 않았군. 너는 누군데 이 곳에 왔지?"

스윽.

무열이 검을 들어 아자젤을 겨누었다.

그 순간, 검은색 눈동자가 흥미롭다는 듯 그를 바라봤다.

"그 손 치워."

"……뭐?"

"당장."

아자젤은 천천히 손을 들어 올렸다. 양쪽 관자놀이를 잡힌 채로 리앙제의 몸이 무열의 앞에 들어 올려졌다.

"이거?"

마치 장난감을 다루듯 그가 비웃는 얼굴로 말했다.

그 순간.

콰아아아앙……!!

"……!?"

탄환처럼 솟구친 무열이 있는 힘껏 검을 그었다. 아자젤은 본능적으로 황급히 팔을 들어 올렸다.

랭크 업 때문일까. 체중을 실은 무열의 공격에 아자젤은 뒤로 몇 걸음 물러나며 리앙제를 놓치고 말았다.

날카로운 소리와 함께 두꺼운 외피로 덮인 팔이 뒤로 휙 하고 젖혀졌다.

"흡!"

충격은 있었으나 녀석의 단단한 갑옷은 뚫지 못했다.

필요한 건 날카로운 절삭력.

무열의 검은 멈추지 않았다. 그의 두 검에 푸른 기운이 스며들자 푸른 스파크가 일어났다. 마력이 검날에 합쳐진 마나 블레이드(Mana Blade)가 어둠 속에서 빛을 흩날렸다.

서걱.

아자젤의 단단한 껍질에 무열의 검이 닿는 순간, 충격음 대신에 종이를 자르는 것 같은 소름 돋는 섬뜩한 소리가 들렸다.

팟……!!

껍질 안쪽에 숨어 있는 아자젤의 붉은 근육이 날카로운 예기(銳氣)에 갈라지며 피를 뿜어냈다.

"이놈……!!"

예상치 못한 일격에 아자젤은 성난 목소리로 무열을 향해 소리쳤다.

부우우웅-!!!

아자젤의 팔꿈치에 솟아나 있는 날카로운 돌기가 무열의 머리를 아슬아슬하게 스치고 지나갔다.

'더 빠르게.'

무열이 바닥을 차고 오르면서 몸을 띄우고 검을 다시 한번 아래에서 위로 쳐올렸다.

'그냥 힘으로는 안 돼.'

마력은 가장 유효한 공격법이지만 아직 초급 단계인 그로서는 한계가 있다.

속전속결(速戰速決).

'조금 더……!!'

무열의 발목에 흐릿한 기운과 함께 아지랑이처럼 일렁이는 뭔가가 있었다.

그의 두 눈이 번뜩이자.

그드득…… 그드드득……!!!

근육이 한계에 달해 아우성을 치는 것처럼 기묘한 소리를 내며 뒤틀렸다.

무열의 다리가 마치 사라지는 것 같았다. 아니, 그곳의 공간이 뒤틀렸다.

파아앗-!!!

그와 동시에 무열의 몸이 앞으로 밀려 나가듯 튀어 올랐다.

[굴절(屈折)의 습득률이 1% 증가하였습니다.]

무열의 시야 속 배경이 뒤로 빨려 들어가는 것처럼 순식간에 스쳐 지나갔다.

그 자신조차 감당하기 어려울 정도의 광속(光速).

부웅……!!

아자젤의 공격이 허공을 갈랐다.

반대로 공격을 피함과 동시에 속도를 머금은 무열의 검에서 펼쳐지는 검술은 아자젤조차 반응할 수 있는 것 아니었다.

화진비연검(火眞飛軟劍)－3식.

마력과 동시에 붉은 화염이 검날에 덧씌워지자 일렁이는 보랏빛의 불꽃이 정확히 아자젤의 목을 베었다.

'됐다.'

분명 손에 감각이 있었다.

"크아아아!!!"

조금 전과는 다르게 아자젤의 입에서 비명이 터져 나왔다.

"이 빌어먹을 새끼가……!!"

무열이 황급히 고개를 돌렸다. 아자젤은 왼쪽 이마에서부터 오른쪽까지 얼굴에 진하게 그어진 붉은 실선을 움켜쥐면서 무열을 향해 으르렁거렸다.

우드득.

아자젤의 등껍질이 열리며 여섯 개의 촉수가 튀어나왔다. 마치 거대한 갑각류의 발처럼.

'빗나간 건가.'

목이 아니라 얼굴에 빗맞은 공격.

굴절을 타고 펼쳐진 비연검에 날카로운 무위를 아슬아슬하게 아자젤은 피한 것이었다.

[조심해!!!!]

쿤겐의 외침이 들렸다.

"……윽?!"

갑자기 몸을 일으키려던 무열의 다리가 휘청거렸다. 중심을 잃고 갸우뚱거릴 때 아자젤의 등에서 솟아난 날카로운 촉수들이 일제히 그를 노렸다.

"제길……!!"

번뜩이는 검날과도 같은 촉수들이 무열의 턱밑까지 치고 들어왔다.

"혼자 너무 무리했다, 너."

그 순간, 무열의 허리가 뒤로 확 잡아당겨지듯 젖혀졌다. 그의 등 뒤에 나타난 진아륜이 그를 촉수에서 구해낸 것이었다.

콰드드드득……!!

두 사람이 아슬아슬하게 피하자마자 무열이 있던 자리에 촉수들이 박히면서 바닥을 헤집어 놓았다.

"리앙제는?"

"구해냈습니다. 하지만…….""

아자젤과의 거리를 벌린 직후 무열은 강찬석의 품에 있는 리앙제를 바라보았다.

의식을 잃거나 한 것은 아니었지만 그녀는 여전히 초점을 잃은 눈을 한 채 아무런 반응도 없이 축 늘어져 있을 뿐이었다.

"그걸로 됐다."

드디어 되찾았다.

이 작은 아이를 다시 만나기까지 너무 오래 걸렸다는 생각에 무열은 고개를 끄덕였다.

"감히 내 몸에……. 하등 생물 주제에……!!"

아자젤은 자신의 상처를 한 번 보곤 이를 갈며 성난 목소리로 외쳤다. 악마족 특유의 강인한 회복력을 가졌음에도 불구하고 무열의 검에 의한 상처는 낫지 않았다.

'마력……?'

그런 생각이 들자 더욱 어이가 없었다.

'검을 쓰는 녀석이 마력이라니…….'

아자젤은 웜홀에서 완전히 공방 안으로 들어오며 무열에게 시선을 떼지 않았다.

"후우……. 그래, 인간. 너는 조금 특이하군. 검사 주제에 마력을 가지고 있는 것도 모자라…… 정령의 냄새까지."

그는 화를 가라앉히려는 듯 숨을 내쉬었다.

아자젤의 말에 쿤겐의 정수를 검 안에 가두고 있는 사실을 알지 못하는 사람들은 살짝 놀란 표정을 지으며 무열을 바라봤다.

"게다가 8대 장군이니 뭐니 하는 이상한 소리를 하고 말이지. 뭐냐, 너."

아자젤은 태어나서 1,500년이 지난 지금 처음으로 인간에게 흥미를 가졌다. 그의 기준에서 인간은 약하디약한 존재일 뿐. 가벼운 유희거리도 되지 않았다.

"강무열이다."

"큭……. 그런 뜻으로 물은 게 아닌 걸 알 텐데. 뭐 하는 놈이냐는 거다. 너도…… 선택받은 존재인가."

아자젤의 물음에 무열은 낮은 목소리로 말했다.

"창 일가를 비롯한 5대 부족의 수장이자 너희가 검은 덩굴을 만든 트라멜의 주인이다."

그의 대답에 아자젤의 입꼬리가 올라갔다.

"하아……? 창? 설마……. 내가 방금 말했던 그 창 일가?"

"뭐가 우습지?"

"크…… 크큭, 우습지 않을 수가."

무열의 말에 아자젤은 검은 눈을 한 바퀴 굴리며 크게 웃었다.

"선택받은 녀석인가 했더니 오히려 나를 위한 제물이었구나. 창 일가, 녀석들은 나 아자젤의 사육 노예들이었으니까."

"……뭐?"

"500년 전, 나를 비롯한 아홉 악마는 각각 사육 노예를 가지고 있었다. 뭐…… 곧 흥미가 떨어져서 버렸지만. 바퀴벌레 같은 인간들은 역시 꾸역꾸역 죽지 않고 살아 있군."

"뭐라고? 헛소리!!"

"감히……!!"

아자젤의 말을 듣던 진아륜과 베이 신은 당장에라도 달려들 기세로 그에게 소리쳤다.

'그 벽화……. 그리고 그것 이외에도 더 있다고 했던 것들은 어쩌면 악마군의 지배를 당했던 그들이 만든 건가.'

무열은 이전에 보았던 벽화를 떠올리며 아자젤에게 물었다.

"흥미를 잃었다면서 어째서 가장 밑바닥의 악마계에서 이곳까지 덩굴을 만든 거지?"

"헤에……. 볼수록 신기한 녀석일세. 설마 너, 이 세계의 구조까지 알고 있는 건가?"

"묻는 말에나 대답하시지."

아자젤은 무열의 말에 고개를 갸웃거렸다.

"정말로 몰라서…… 묻는 건가."

"무엇을?"

"너희들에게도 분명 신의 대리자가 갔을 텐데."

아자젤의 말에 무열이 이번엔 반대로 고개를 갸웃거렸다.

"신의 대리자?"

"그렇다."

처음 듣는 얘기다. 전생의 삶 속에서도 신의 대리자가 존재한다는 이야기를 들어본 적이 없다.

"그게 뭐지……?"

무열이 그 존재에 대해서 알지 못한다는 것을 직감한 아자젤은 한 걸음 앞으로 나서며 말했다.

"아하, 그런가? 하등 생물에겐 그런 기회조차 주지 않았다는 말인가. 어차피 너희들은 그저 먹잇감에 불과하니 말이야."

그는 마치 스스로를 고귀한 존재인 양 말했다.

선택받은 자.

이번엔 아자젤이 알 수 없는 말을 하고 있었다.

"그래, 사육 노예였던 너희들이 이 앞에 있다는 건…… 신이 이 나를, 선택한 것이지."

그는 고개를 끄덕이며 혼잣말을 하며 스스로 만족스러운 표정을 지었다.

"……."

"대리자는 나에게 말했다. 인간의 땅을 탐하라."

아자젤은 자신의 가슴에 손을 얹었다.

"……뭐?"

"그게 무슨…….

그의 한마디에 모든 사람이 경악했다. 그리고 그 비명을 마치 아자젤은 즐기는 듯한 모습이었다.

"이제 곧 나의 군대가 대륙을 휩쓸 것이다."

진아륜은 그 말에 자신도 모르게 몸을 부르르 떨었다.

"이 땅은 나의 것이다."

"설마…….

포스나인에서 보았던 괴물들. 그것이 바로 그의 군대이자 이 사건의 전조라는 것을 이제 알 수 있었으니까.

"훗."

"……?"

작은 냉소.

스치듯 지나가는 소리였을지도 모르지만 무열의 목소리는 아자젤의 귀에 정확히 들렸다.

"아쉬케라고 알고 있나?"

"네가 그 이름을…….

"그래, 너라면 당연히 알고 있겠지. 백귀(百鬼) 아쉬케. 걱정 마라. 이 땅이 너의 것이 될 일은 없으니까. 애초에 넌 권좌에 오르지 못하거든."

꿈틀.

아자젤의 어깨가 가볍게 들썩였다.

권좌(權座). 그 말의 무게는 악마에게도 똑같은 것이었으니까.

"세븐 쓰론에 악마 따위가 가질 수 있는 땅은 없다."

무열은 자신의 검을 한 번 가로로 그었다.

차앙─!!

허공을 벤 검이 마치 단단한 금속을 벤 것처럼 날카로운 소리를 냈다.

화르르르륵……!!

"우악?!"

"뭐, 뭐야?!"

순간, 그 소리와 함께 어두운 공방 안에 빛이 빛났다. 아니, 정확히 말하면 불꽃이었다.

무열의 뒤에 서 있는 사람들은 갑자기 자신의 무기에서 일렁이는 화염이 솟구치는 것을 보며 놀라지 않을 수 없었다.

[열화천(熱火遷)이 부대원들에게 적용됩니다.]

[권위의 영향력으로 인해 효과가 증가합니다.]

[모든 부대원은 시전자의 정신력에 따라 화염 속성력을 가집니다.]

불타는 자신의 도끼를 바라보던 강찬석은 말을 잇지 못한 채 무열을 바라봤다. 나머지 사람들도 마찬가지였다.

공방 속의 어둠이 순식간에 사라지고 아자젤의 모습이 선명하게 드러났다.

"종족 전쟁……."

무열은 차가운 목소리로 말했다.

"그래, 조금 먼저 시작해도 상관없겠지."

엑소디아는 시작도 하지 않았는데 다른 차원의 종족들이 세븐 쓰론을 노리고 있다.

무엇이 어떻게 변화한 것인지 모른다. 무엇이 어떻게 변화한 것인지는 중요하지 않다. 중요한 건, 이 대륙에는 인간이 살고 있고 그것을 넘보는 적들이 이곳에 있다는 것.

그들이 자신들을 어떻게 했는지는 이미 충분히 잘 알고 있다.

"이곳은 인간의 땅이다."

일렁이는 불꽃을 등지고 그는 천천히 앞으로 걸어 나오며 말했다.

"그러니 말은 바로 해야지, 아자젤. 우리가 이곳에 온 것이 아니라, 너야말로 지금 나의 땅에 발을 들여놓은 것이다."

무열은 그의 목을 향해 검을 겨누었다. 두 번의 실패는 없다는 듯.

"지금 당장 꺼져라."

"후우……."

"어떻게 되셨나요?"

"네, 무열 씨께서 얘기해 준 것은 모두 준비되었어요. 아마…… 재해가 온다고 해도 어느 정도는 대비가 될 것 같아요."

"다행이네요."

검은 덩굴이 자라난 공방 옆의 제2공방. 그곳엔 매캐한 연기와 뜨거운 열기가 가득했다.

최혁수는 마지막으로 진법을 점검하고 난 뒤에 이곳을 찾았다.

"지웅 슈, 넌 어때?"

"말 시키지 마세요. 지금 엄청 중요한 순간이니까."

"녀석……."

밤을 새우며 그녀가 만드는 비약은 어느새 공방 한쪽 구석을 가득 채울 만큼 쌓여 있었다.

"혁수 씨, 이걸 사람들에게 나눠 주세요. 실험을 해보진 않았지만…… 흑암이 몸에 닿는 걸 방지해 줄 거예요."

"와…… 이걸 다 만드신 거예요?"

"네, 요새의 인원이 많아서 모두 나눠 드릴 순 없지만 약간만 발라도 효과가 있으니 편성한 조에 하나씩 드리면 될 것 같아요."

"알겠습니다. 그렇게 하죠."

"네, 아직 수가 부족해서 더 만들어야 하니 완성이 되는 대로 말씀드릴게요."

윤선미는 비약을 제조하는 탁자에 앉으며 생각했다.

'무열 씨는 정말 신기한 사람이야. 마녀에게만 전해지는 비약을 어떻게 알고 있을까?'

그녀는 무열이 자신에게 만들라고 말한 비약의 종류를 떠올렸다.

'마녀의 비약 – 정기(精氣)'.

비약 중의 하나로 일순간 자신의 모든 스테이터스를 상승시키는 효과를 가진다. 언뜻 보기엔 버프 효과가 있는 물약 같지만 마녀의 도감에서 이 비약은 강화 효과가 아닌 약화 효과의 비약으로 분류된다. 그 이유는 일순간 스테이터스를 상승시키는 대신 효과가 사라지면 그 두 배로 감소되기 때문이었다.

'유지 시간은 기껏해야 15분.'

위험부담이 너무나 큰 비약이었기에 윤선미는 처음 이 비약의 제조법을 익혔을 때 과연 이걸 쓸 일이 있을까 하고 생각했다. 하지만, 놀랍게도 현시점에선 이 비약만큼 빛을 발할 것도 없었다.

"상승된 스테이터스라면 트라멜 어디에 있다 하더라도 대피소까지 15분 안에 도착할 수 있을 겁니다. 어떻게든 이곳까지 살아서 돌아오는 것. 이건 그걸 위함입니다."

특히 전투 능력이 떨어지는 생산 스킬을 보유한 사람들은 대피하는 것만으로도 벅찼다.

무열은 트라멜의 경계에서 사방으로 모두 동일한 시간에 도달할 수 있는 곳에 대피소를 만들었다. 어차피 재해는 개인의 힘으로 막을 수 있는 것이 아니다.

"저는 쓸 수 있는 진법을 모두 써서 이제 할 게 없네요. 하하…… 비약을 나눠 드리는 일이라도 할 수 있어서 다행입니다."

최혁수는 인벤토리 안으로 윤선미가 만든 비약을 넣으며 말했다.

"아니에요."

윤선미는 고개를 저으며 대답했다. 흑암을 대비한 준비에서 누구보다도 그의 도움이 컸다는 것은 굳이 설명을 하지 않아도 충분했으니까.

트라멜의 구조를 살피고 그 안의 거리를 계산에서 가장 안전한 대피소를 정한 것부터 그 주변에 풍진의 진법을 세우기까지. 이 모든 것을 그 혼자서 해냈으니 말이다.

"됐다!!!!"

그때였다. 조용한 공방에 울리는 환호성.

"와…… 진짜, 죽는 줄 알았네. 이거 실패하면 정말 끝나는 줄 알았는데 말이에요."

최혁수와 윤선미가 그 목소리에 고개를 돌렸다.

그러자 공방 한쪽 테이블에 고개를 박고 있던 지웅 슈가 손가락으로 작은 구슬 같은 것을 들어 그들에게 보여줬다.

"그게……."

"대장이 시킨 환이요. 겨우 합성에 성공했어요."

"오……?! 진짜?"

지웅 슈의 손바닥에 있는 환은 그의 새끼손가락만큼 작고 둥근 환이었다. 특이하게 은빛이 반짝이는 그 구슬은 살짝 움직일 때마다 색이 변했다.

"헤에…… 예쁘게 생겼네?"

"만지지 마세요."

"치, 뭐야? 치사하다."

손을 구슬에 가져가는 최혁수를 보며 지웅 슈는 황급히 구슬을 거두었다.

그 모습에 서운한 듯 최혁수가 입술을 씰룩거렸다.

"그게 아니라…… 맨손으로 만지면 안 돼서 그래요."

"응? 너도 맨손이잖아."

"……전 맨손처럼 보이지만 맨손이 아니거든요. 세공 스킬하고 대장 스킬을 익히면서 외수(外手)라는 스킬을 익혀서 만질 수 있는 거예요."

"으음, 그래?"

최혁수는 그 말에 지옹 슈의 손바닥을 바라봤다.

특별할 것 없는 그저 작은 손이었지만 트라멜에 거주하는 생산자 중 그 누구보다도 뛰어난 사람이었다. 외수라는 생산 스킬의 장인만이 익힐 수 있는 스킬을 어린 나이에 벌써 익혔으니 말이다.

"이제 성공했으니까……. 지금부터가 시작이에요."

"헤에, 대단한데."

"그럼요. 대장이 맡긴 일이니까. 무슨 일이 있어도 성공시킬 거예요."

최혁수는 지옹 슈의 말에 물끄러미 그를 바라봤다.

"언제부터 강무열이 네 대장이 된 거야?"

"그거야…… 트라멜을 위해서 누구보다 노력하시잖아요. 사람들을 지키려고."

"정말 그렇게 생각해?"

"……네?"

"아니다. 그래, 정말 그런 사람이라면 충분히 따를 가치가 있지."

최혁수는 묘한 눈빛으로 지웅 슈를 바라봤다.

'그런 완벽한 인간이 있으면 좋겠지만.'

단 한 번도 사람을 믿은 적 없다.

강무열이란 존재가 흥미롭고 재미있는 것은 인정한다. 그렇기 때문에 지금까지도 이곳에 있는 것이기도 하다. 하지만 아직은 부족하다.

세븐 쓰론에 내로라하는 강자들.

그들과 강무열의 차이.

최혁수는 그 한 끗을 보고 싶었다.

'기대해 봐도 좋을까.'

한 치의 의심도 망설임도 없이 집중하고 있는 윤선미와 지웅 슈를 보며 최혁수는 작은 기대를 다시 한번 갖게 되었다.

사실, 알고 있다. 그들이 어째서 강무열에게 이끌리는지를. 자신 역시 마찬가지였으니까. 그렇기 때문에 트라멜로 돌아와 그를 구하고 트라멜을 수복하는 데 협조한 것일 테니까.

하지만 아직 망설이고 있다. 흥미로운 것과 마음을 주는 것. 그건 명백히 다르니까.

콰아아아앙———!!!!!!

그때였다. 갑자기 공방의 문이 요란한 소리와 함께 열렸다.

"무슨 일입니까! 지금 여기서 얼마나 중요한 일을 하고……."

"헉, 헉……. 죄송합니다."

갑작스러운 소란에 지옹 슈는 깜짝 놀라서 하마터면 들고 있던 치어 기름을 떨어뜨릴 뻔했다. 그 모습을 보고 최혁수는 화난 목소리로 소리쳤지만 그의 말은 끝까지 이어지지 못했다.

"무슨 일입니까?"

땀범벅이 되어 공방의 문을 열고 들어온 사람은 다름 아닌 라캉 베자스였다.

항상 단정한 모습으로 흐트러지지 않던 그가 헝클어진 머리를 하고 나타났다는 건 뭔가 사태가 심상치 않다는 걸 뜻했다.

"모두 피하셔야 할 것 같습니다."

"네? 설마……."

공방 뒤에 있던 두 사람이 라캉의 말에 황급히 뛰어왔다.

"재해(災害)가…… 온 건가요."

드디어 올 것이 왔다.

두 사람은 긴장 가득한 눈빛으로 그를 바라봤다.

"아닙니다."

하지만 라캉 베자스는 고개를 저었다.

"그럼……?"

준비했던 재해보다 한발 더 빠르게 찾아온 재앙.

"악마(惡魔)."

그는 최혁수를 바라보며 천천히 대답했다.

"크아아악……!!!"

"막아!!"

"요새 안으로 절대로 들여보내지 마라——!!!"

"모두 싸워라!!!"

"돌격……!!!!"

저 멀리서 들려오는 병사들의 외침이 점점 더 가까워지고 있었다.

최혁수는 고개를 돌려 창밖을 바라봤다. 붉은 노을이 핏빛처럼 보였다.

그는 시선을 고정한 채로 품 안에 있는 보옥을 꺼냈다. 그러고는 바짝 마른 입술로 천천히 말했다.

"두 사람…… 지금 당장 피해."

"놀랍군. 인간 중에 정말 이 정도로 싸울 수 있는 자가 있다니 말이야."

아자젤은 자신을 둘러싼 무열 일행을 바라보며 말했다.

"터널이 자란 곳이 하필이면 인간계인지라 실망했는데 그렇지 않았어. 이 정도면 충분히 노예로 쓸 만하겠군."

"마족과의 전쟁에서 져서 최하층으로 떨어진 주제에 잘난 척은 그만하는 게 어때?"

"……."

무열의 말에 그의 표정이 일그러졌다.

콰득.

아자젤이 발을 들어 바닥을 찍어 누르자 충격으로 바닥이 산산조각이 났다.

"잘난 척은 오히려 네가 하는 것 같은데."

아자젤은 무열을 향해 천천히 걸어왔다. 그의 촉수가 벌레의 그것처럼 제멋대로 움직이고 있었다.

"지금쯤 밖이 어떻게 되었는지 궁금하지 않나?"

"……뭐?"

무열의 표정을 보며 그가 피식 웃었다.

"네놈은 살려서 밖을 보여주지. 폐허가 되어 있는 땅에 수북하게 쌓인 시체들에 절망한 뒤 죽여줄 테니까."

"서, 설마……!"

칸 라흐만은 아자젤의 말에 놀란 듯 되물었다. 자신의 딸이 있는 곳이다. 불안한 기색이 역력한 그를 보며 무열은 차분한 목소리로 말했다.

"진정하세요, 칸."

팔을 들어 올려 무열이 칸을 막았다.

"그곳의 사람들을 믿으세요."

최혁수, 오르도 창, 윤선미, 라캉 베자스까지. 절대로 쉽사리 녀석들에게 뚫릴 사람들이 아니다.

"그러니까……."

무열이 먼저 검을 들어 올렸다.

"우린 돌아가면 됩니다. 저 녀석의 목을 가지고."

"……이놈!!!!!"

아자젤의 힘이 폭발했다. 순식간에 공방의 바닥이 움푹 파이면서 그가 무열을 향해 뛰어들었다.

귀면장(鬼面將).

칠흑 같은 어둠 속, 같은 색을 입고 있어 귀신처럼 적의 목숨을 가져가는 악마군의 강자.

하지만.

"다 보여."

그의 그림자 속에 갑자기 튀어나온 두 개의 불꽃.

"……!!"

열화천의 불꽃 때문에 더 이상 귀면장의 갑주는 어둠 속에 동화될 수 없었다.

하지만 빛이 있어도 자신의 기척을 완벽하게 숨길 수 있는 유일한 한 사람.

암연(暗煙).

진아륜이 손가락을 펼치자 양손에 있던 두 자루의 검이 마치 분리되는 것처럼 다섯 개로 변했다. 그와 동시에 열화천의 불꽃이 각각의 단검의 날에 피어올랐다.

지이잉…….

단검의 날이 울었다. 두 팔을 교차하듯 날리자 손가락에 낀 단검들이 일제히 아자젤의 등을 향해 날아갔다.

퍽……!!

퍼퍽……! 퍽! 퍽! 퍽!!

"크윽?!"

단검이 등에서부터 다리까지 각 관절의 부위를 파고들며 박혔다. 아자젤의 몸에서 불꽃이 화르륵 피어오르다 사라졌다.

"감히……!!"

노성이 들리며 그의 날카로운 촉수들이 사방으로 튀어나와 진아룬을 공격했다.

지이이익……!!

하지만 그 순간 어둠 속을 헤치고 들어오는 기다란 채찍이 녀석의 공격을 막았다.

"지금일세!!"

칸 라흐만의 채찍이 만든 빈틈 속에서.

"흡……!!"

베이 신이 이자젤의 품 안으로 파고들었다. 마치 권투를 하듯 스텝을 밟으며 좌에서 우로 아래에서 위로 쳐올리는 주먹은 매 순간 날카롭고 묵직한 강권이었다.

1계에서 5계까지 연속적으로 시전되는 스킬 속에 아자젤의 몸이 휘청거렸다.

"크아아아아!!"

정신없이 이어지는 협공.

아자젤은 비명에 가까운 외침을 지르며 베이 신을 떨구기 위해 팔을 휘저었다.

꽈악.

무열은 그 모습을 보며 자신도 모르게 주먹을 쥔 손에 힘을 주었다.

속전속결로 혼자서 상대하려고 했었다. 너무나도 위험한 적이었으니까.

하지만 이제 다르다. 자신이 칸 라흐만에게 그랬던 것처럼 그 역시 지금 함께하고 있는 동료를 믿어야 했다.

이렇게…… 싸울 수 있는 이들을.

무열은 맹공을 펼치는 이들의 무리 속으로 검을 고쳐 쥐며 걸어갔다.

"이길 수 있다."

"……죽여 버리겠다!!"

"할 수 없을걸."

불꽃과 전격을 머금은 두 자루의 검이 아자젤의 두 팔을 가로막았다.

"역사가 변해도 강함은 변하지 않는다."

"……뭐?"

그는 강하다. 하지만 그를 죽였던 남자는 그보다 더 강하다. 그 후에도, 그리고 지금에도.

"네놈의 목을 날려 버릴 사람이 누군지 알거든."

종족 전쟁의 시작.

그 첫 전장에서 악마군 8대 장군 중 하나인 귀면장 아자젤의 목을 통째로 부숴 버리며 인간군의 첫 승리를 이끌었던 남자가 있다. 속성으로 얻은 강함이 아니기에 무열은 확신할 수 있었다.

"강찬석."

맹렬하게 이어지는 공격 속에서 이자젤이 놓친 한 사람.

아자젤은 처음으로 오싹한 기분을 느꼈다.

"크아아아아아아……!!!!!!!!"

공방을 울릴 정도의 강렬한 외침.

강찬석의 거대한 도끼가 화염을 뿜어내며 어둠 속에서 커다란 호를 그리며 하늘에서 떨어져 내렸다.

무열은, 그 모습을 보며 나직한 목소리로 말했다.

"부숴 버려."

콰드드드득————!!!!!!!!!

　지축을 뒤흔들 만큼 둔탁하고 강렬한 파열음이 공방 안을
가득 채웠다. 그건 아자젤의 비명조차 집어삼킬 정도였다.

37장
위업(偉業)

"꺄아아악!!!"

"모두 중앙으로……!!!"

"다들 지정된 대피 장소로 피하세요!!"

갑작스러운 습격으로 인해 트라멜은 분주하게 움직였다.

"젠장……."

최혁수는 빠르게 전황을 살폈다.

"선미 양은 대피하는 사람들을 봐주세요. 아직 괴물들이 요새 안으로 들어오지 않았으니까."

"알겠어요."

"지옹 슈, 너도 서둘러."

"하지만…… 아직 환을 만들지……."

갑작스러운 사태에 어린 지옹 슈는 어찌할 바를 몰라 우왕

좌왕하고 있었다.

"지금 그럴 때가 아냐! 재료를 챙겨서 일단 대피하는 게 급선무라고."

"그래도……."

"죽고 싶어? 그럼 끝이라고!"

최혁수는 지옹 슈를 다그쳤다.

분명, 재해가 오고 있다는 것은 잘 안다. 하지만 눈앞의 위기조차 해결하지 못한 채 이후를 준비해 봤자 아무 소용없는 일이다.

"네가 좋아하는 그 대장이 맡긴 일이라서 들뜬 건 알겠지만 지금은 살아남는 게 목표다. 살아 있어야 네 대장에게 칭찬을 받든 혼이 나든 할 것 아냐."

"……."

지옹 슈는 최혁수의 말에 공방에 있는 남은 재료들을 황급히 쓸어 담기 시작했다.

"부탁해요."

윤선미에게 한 그 말을 끝으로 최혁수는 품 안에서 작은 보옥 하나를 꺼냈다.

휘이이익……!!

그것을 움켜쥐는 순간, 그의 주변에서 바람이 일렁이기 시작했다.

바람의 진법, 풍진(風塵)을 압축해 놓은 그것은 쐐기를 박아 만드는 진법보다 위력은 약했지만 마법처럼 바로 사용할 수 있는 유용함이 있었다.

타악.

최혁수가 바닥을 차자 그의 몸이 공중으로 떠오르며 성벽 위로 날아올랐다. 몇 번이나 그 모습을 본 적이 있는 윤선미였기 때문에 놀라지 않았다.

그녀가 자신이 만든 비약을 챙기기 시작했다.

'부디…….'

그녀는 지웅 슈와 함께 공방을 나서며 불안한 눈빛으로 성문을 보았다.

"서둘러 주세요."

그러고는 당장에라도 부서질 것 같은 검은 덩굴이 감싸고 있는 공방을 바라보며 윤선미는 기도하듯 말했다.

"제길……. 재해보다 악마들이 먼저 도착하다니."

성벽에 오른 최혁수는 괴물들과 격돌하고 있는 병사들을 바라보며 말했다.

진아륜의 설명대로 정말 괴상하기 짝이 없는 모습.

오크의 얼굴이 병사들의 공격을 받을 때마다 괴상한 울음소리를 내고 있었다.

"제2군과 3군은 나를 따라 전방에 있는 아군을 지원한다. 절대로 녀석들을 이곳 트라멜에 당도하게 해서는 안 된다!!"

"네!!!"

밑에서 들려오는 오르도 창의 목소리.

갑작스러운 습격에도 불구하고 그는 냉정하게 군을 정비하고 수비를 편성했다. 무열의 예상대로 그를 이곳에 남겨둔 것은 탁월한 선택이었다.

개인의 강함이 중요한 것이 아니다.

통솔력(統率力).

그는 무열을 모시기 전까지 일천(一千)의 가신을 거느렸던, 5대 부족 중 하나인 창 일가의 수장이었다. 누구보다도 사람들을 통솔하고 지휘하는 데 탁월한 능력을 가지고 있었다.

"각각 군은 분대로 나누어 성벽과 성문을 수비한다. 지금 같은 상황에선 내가 수비군을 모두 통솔할 수 없다. 백인장들은 자신의 군을 확실히 지키도록!"

"알겠습니다."

"명심하겠습니다."

라캉 베자스가 만든, 오십 명씩 구성된 분대를 두 개씩 묶은 다섯 개의 백인대의 대장들은 오르도의 말에 고개를 끄덕이며 대답했다.

"간다."

오르도 창은 타고 있는 카르곤의 고삐를 잡아당겼다.

"히이이잉……!!!"

날카로운 발톱으로 지면을 박차며 달리기 시작하는 그를 200명의 병사가 뒤따르기 시작했다.

"모두 위치로!!"

"넵!!"

남은 병사들은 백인장의 외침에 일사불란하게 남은 성벽과 성문을 향해 달려갔다.

'막을 수 있다.'

최혁수는 한 치의 망설임 없이 움직이는 병사들을 바라보며 생각했다.

기세 좋게 몰아치던 괴물의 공격.

하지만 의외로 사족 보행의 카반다들은 병사들의 단단한 수비에 막혀 트라멜까지 오지 못하고 있었다.

요새의 사람들도 차분히 대피하고 있었다.

생각했던 것보다 안정적인 방어.

최혁수는 심호흡을 하며 천천히 손을 들어 올렸다.

'진법의 쐐기를 박아둔 곳은 저기랑 저기.'

그는 마치 머릿속에 지도를 그리듯 두 눈을 감았다가 천천히 떴다.

환술사라는 직업의 가장 어려운 점 중 하나는 자신이 박아 둔 진법의 위치를 모두 기억해야 한다는 것. 그렇기 때문에 랭크가 올라 더 많은 진법을 펼칠 수 있다 하더라도 오히려 시전자의 능력 부족으로 제대로 위력을 발휘를 하지 못하는 경우가 태반이었다.

하지만 최혁수는 다르다. 오히려 그는 쓸 수 있는 진법의 수가 부족해 아쉬운 정도였으니까.

꽈악.

그가 손을 움켜쥐었다. 그러자 저 멀리 카반다들의 무리 한 가운데에서 강렬한 폭발이 일어났다. 맹렬한 초열(焦熱)의 화염이 녀석들을 덮쳤다.

[크아아아악……!!]

고통스러운 괴물들의 비명.

최혁수는 그 모습을 바라보며 가차 없이 제2, 제3의 진법을 발동시켰다.

여기저기에서 뿜어져 나오는 불길은 마구잡이로 보였지만 정교하게 오르도 창이 이끄는 병사들을 방해하지 않았다. 마치 두 사람이 미리 합을 맞춰본 것처럼 최혁수의 진법은 오르도를 도왔다.

"잠깐……."

진법을 펼치던 최혁수의 손이 잠시 멈췄다. 그 순간, 그의 눈썹이 씰룩거렸다.

이상한 느낌.

'그러고 보니…… 이족 보행을 하는 녀석들이 보이지 않잖아.'

최혁수는 진아륜이 했던 말을 떠올렸다.

병사들과 싸우고 있는 괴물은 전부 바퀴벌레처럼 네 발로 기어 다니는 녀석뿐이었다. 설명대로라면 이런 괴물들 3마리에 하나씩 이족 보행형이 있다고 했었다.

'어디에…….'

그는 고개를 돌려 주위를 살폈다. 천천히. 그리고 한곳에 멈추었다.

남문(南門).

"……설마."

그때였다.

콰아아아아앙－－－!!!

강렬한 폭음과 함께 성문이 날아갔다.

"으아악!!"

"아악!!"

병사들의 비명이 들린다.

의식조차 하지 못한 갑작스러운 공격.

뚫린 문 사이로 걸어 들어오는 괴물은 마치 요새 안을 살피

듯 천천히 고개를 돌리며 주위를 훑었다. 자아(自我)를 가진 것 같은 모습.

녀석들은 미끼를 던지고 뒤로 들어온 것이다.

단단한 손에 들린 것. 그건 병사들의 시체였다.

우드득.

오크 같은 머리가 병사의 팔을 잡아 뜯어 씹어 먹기 시작했다. 턱을 타고 주르륵 흘러내리는 핏물을 손등으로 닦으며 녀석은 자신의 앞을 막고 있는 병사들을 마치 맛있는 먹잇감인 양 바라봤다. 그 모습에 병사들은 굳어버린 듯 움직이지 못했다.

"안 돼……."

최혁수는 성벽의 난간을 붙잡고 소리쳤다.

"……모두 피해!!!"

콰직……!!

하지만 그의 외침에 대답 대신 돌아오는 건 괴물의 양손에 압사당하는 병사들의 모습이었다.

"하아…… 하아…… ."

"제기랄…… ."

트라멜의 여기저기에서 불꽃이 일었다. 최혁수의 진법이

아닌 부서진 건물에서 피어오르는 화염이었다.

"선미 양, 괜찮아요?"

"네, 싸울 수 있어요."

어느새 온전한 건물은 대피소와 공방뿐이었다. 트라멜을 둘러싼 괴물들은 서서히 포위망을 좁혀오고 있었다.

윤선미는 파르르 떨리는 손으로 자신의 지팡이를 쥐었다. 그녀의 상태는 결코 좋지 않았다. 여기저기 난 상처를 치료할 시간도 없었다.

지옹 슈를 대피시킨 뒤에 그녀는 남문으로 습격한 카반다들을 혼자서 막았다. 강력한 공격력을 가진 마녀라지만 B랭크급의 카반다를 혼자서 상대하는 건 불가능했다. 여기까지 버틴 것만으로도 대단한 일.

"미치겠군."

최혁수가 입술을 깨물었다.

성 밖에서 돌아온 오르도가 잠시 숨을 돌리며 고개를 돌렸다. 격전의 결과일까. 그의 검 하나는 이미 이가 나갈 대로 나가 있었다.

"저기."

최혁수가 가리키는 방향으로 모두의 시선이 움직였다.

"제길……."

"말도 안 돼……."

사람들은 절망적인 목소리로 말했다. 이거야말로 엎친 데 덮친 격이었다.

저 멀리 다가오는 먹구름.

"흑암(黑暗)······."

오르도는 낮은 목소리로 중얼거렸다.

열 개의 재해(Ten Disasters).

그중 아홉 번째.

트라멜의 악몽이라 불리던 사건을 만든 장본인.

"아직은······ 싸워야 할 때다."

오르도 창은 이를 악물며 카반다들을 향해 자세를 잡았다.

아직 포기하지 않고 쥐고 있는 희망.

그때였다.

쿠르르르르르르르······!!!

갑자기 지진이 난 듯 땅이 흔들렸다. 그와 동시에 검은 덩굴로 감겨 있던 공방의 외벽이 부서지며 건물이 완전히 무너져 내렸다. 마치, 그 희망마저 짓눌러 버리려는 신의 의지처럼.

전투를 벌이고 있던 병사들을 비롯해 트라멜에 있는 모든 사람이 그 광경을 봤다.

"설마······."

챙그랑.

자신도 모르게 들고 있던 검을 떨어뜨렸다. 오르도는 무너져 내리는 공방을 보며 굳어버렸다.

"주군……!!!!!"

절규(絶叫).

그의 목소리가 트라멜 전역에 울렸다.

쿠르르르르…….

하지만 그의 외침에도 불구하고 공방은 완전히 무너져 내려 형체를 알 수 없을 정도로 붕괴되어 버렸다. 실낱같은 희망을 가지고 있던 사람들의 얼굴에 절망이 드리워졌다.

"안 돼……."

최혁수는 그 모습에 이를 악물었다.

'차라리 내가 따라갔다면……!!'

세븐 쓰론에 와서 처음으로 기대해 볼 수 있는 사람이라고 생각했었기 때문이다. 그렇기 때문에 더욱 그의 죽음을 받아들일 수 없었다.

쾅- 쾅- 쾅-!!

그는 가지고 있는 모든 쐐기를 꺼내어 지면에 박았다.

땅의 진법, 토룡(土龍).

오르도 창이 있는 바닥이 용솟음치면서 그의 앞에 거대한 벽이 생성되었다.

대피소 주위로 생긴 돌벽.

고작 이게 최혁수가 할 수 있는 최선이었다.

벽을 부수기 위해 괴물들의 공격 소리가 요새 안으로 들려왔다.

"이봐!!! 정신 차려!! 이대로 다 죽일 참이야!! 제대로 싸울 수 있는 사람은 우리들뿐이라고!!"

"……."

최혁수의 외침에도 불구하고 오르도 창은 충격이 가시지 않은 표정으로 고개를 떨구었다.

[크아아아아……!!]

여전히 괴물의 비명이 들렸다.

그가 만든 토룡의 벽이 크게 흔들거렸다. 최혁수는 불안한 눈빛으로 그걸 바라보며 말했다.

"얼마 버티지 못해. 그나마 북문은 아직 안전해. 대피소에서 사람들을 모두 집결해서 그쪽으로 도망친다. 그게 최선이야. 이봐!!!"

콰드드득…… 콰강-!!!!

사방으로 돌들이 튀었다.

"제길……!!"

그는 넋을 놓은 오르도의 팔을 잡아당기며 도망치려 했다.

[크야야야야……!!!]

카반다의 날카로운 주먹이 그들을 향해 덮쳐 왔다.

"까아악-!!"

윤선미의 비명.

그때였다.

"그래, 오르도. 전투 중에 정신을 놓고 있으면 어떻게 해? 너를 믿고 트라멜을 맡겼잖아."

"……!!"

"……!!"

오르도 창은 황급히 고개를 들었다.

부서진 석벽 밖에서 치고 들어온 카반다를 짓누르고 괴물의 머리 위에 서 있는 한 남자.

무슨 일이 있었던 걸까.

외모는 그들이 알고 있는 그대로였다. 하지만…… 풍기는 아우라는 전혀 달랐다.

"재해가 오고 있는가……."

무열은 카반다의 머리를 짓밟은 채로 위를 올려다봤다.

"악마 녀석 목 하나론 뭐…… 성에 차지 않지."

베이 신이 주먹을 움켜쥐자 우드득 하는 소리가 들렸다.

"하긴……."

강찬석은 성벽 위에 올라서 까마득하게 몰려오는 괴물들을 바라봤다.

"그렇지. 이 정도는 처리해야."

어느새 그림자 속에 숨어든 진아륜이 튀어나오면서 카반다의 목에 단검을 박아 넣었다.

"위업(偉業)이라 칭할 수 있겠지."

칸 라흐만은 무열의 어깨에 가볍게 손을 얹으며 웃었다.

수백의 괴물이 달려오고 있는 이 시점에서 그들은 아무런 두려움도 없어 보였다.

저벅, 저벅, 저벅.

무열은 천천히 부서진 성문을 향해 걸어갔다.

툭.

들고 있던 뭔가가 바닥에 떨어진다. 그는 거치적거린다는 표정으로 아무렇지 않게 그걸 발로 차버렸다.

콰득⋯⋯!!

둥근 뭔가가 카반다의 얼굴에 맞고서 바닥으로 떨어졌다.

아자젤의 목이었다.

자신의 주인의 머리라는 것을 아는 걸까. 괴물들은 본능적으로 주춤거리며 무열을 바라봤다.

그 순간, 그는 녀석들을 향해 나지막한 소리로 말했다.

"비켜."

최혁수를 비롯한 트라멜의 사람들은 무열의 등장에 모두가 어안이 벙벙한 모습이었다.

그들의 등장이 놀라운 것이 아니었다. 막는 것만으로도 벅찬 카반다를 아무렇지 않게 짓누르고 있는 그 모습이 놀라웠다.

"돌아오신 건가요……!!"

가장 먼저 반응을 한 건 윤선미였다.

그녀는 무열의 품에 안겨 있는 리앙제를 바라보며 소리쳤다. 의식을 찾진 못했지만 검은 덩굴 안에 갇혀 있던 리앙제가 돌아온 것만으로도 그녀는 안심하는 눈치였다.

"고생했습니다."

"아니에요……."

무열은 품 안에 있는 리앙제를 윤선미에게 건넸다. 창백한 얼굴의 그녀를 받아 든 윤선미는 걱정스러운 표정으로 그를 바라봤다.

"큰 이상은 없을 겁니다. 조금 시간이 걸릴 테지만 악마력에 의한 독도 사라질 겁니다. 비약에 의한 치료만 부탁드립니다."

"그럼……."

"어린아이는 원래 아프고 나면 더 건강해지는 법이니까요. 털어내고 잘 일어날 겁니다. 강한 아이니까요."

무열은 윤선미를 향해 가볍게 웃었다.

"네."

윤선미는 그의 말에 안도의 한숨을 내쉬며 고개를 끄덕였다.

그녀는 이제야 자신을 옭아매던 긴장이 풀린 듯 낮은 한숨을 내쉬었다. 그 모습에 공방에서 돌아온 사람들은 가벼운 웃음을 지었다.

"도대체 무슨 일이 있었던 거죠?"

최혁수는 그들의 모습을 보며 물었다.

기껏해야 하루. 그들이 리앙제를 구하러 들어간 시간이었다. 하지만 고작 그 시간 동안 변화를 했다고 하기엔 마치 새로 태어난 것처럼 너무나도 다른 모습이었다.

"별것 없다. 그냥 랭크 업을 했을 뿐이야."

그의 물음에 대답을 한 것은 베이 신이었다.

무열의 라이벌이라 생각되었던 그였다. 그런 그가 지금은 마치 오래된 동료인 것처럼 아무렇지 않게 대답을 하는 모습마저 최혁수에겐 낯설어 보였다.

"랭크 업⋯⋯?"

"너도 알고 있겠지. PK를 통해서 마석을 얻을 수 있다는 것을. 그와 동시에 경험치도 획득할 수 있지."

최혁수는 그의 말에 고개를 끄덕였다. 산채에서 이정진이 했던 방식이 바로 그것이었으니까. 몬스터를 사냥하는 것 대신에 PK를 통한 랭크 업.

불가능한 것도 아니고, 어찌 보면 사냥보다도 더 효율적인 일일지 모르지만 인도적인 차원에서 대부분의 사람은 그런 행위를 시도할 생각을 하지 못했다.

"하지만 그 상대가 악마라면?"

베이 신이 최혁수를 바라봤다.

"죄책감을 가질 필요 없지."

그는 카반다의 머리통을 주먹으로 날려 버리며 말했다.

"우리의 영역을 침범한 적이니까."

콰드드득……!!!

손에 힘을 주자 바들바들 떨리던 괴물의 몸이 힘없이 축 늘어졌다.

"그래, 이런 녀석들 따위."

진아륜은 괴물들의 그림자 속을 종횡무진 뛰어다니면서 날카롭게 급소를 찔렀다.

"대장."

성벽 위에서 뛰어내린 강찬석이 성문의 앞을 막아섰다. 그는 자신의 도끼를 두 손으로 꽉 쥐며 무열에게 말했다. 전신에서 뿜어져 나오는 기백은 정말로 같은 사람인가 의심이 될 정도였다.

그들의 변화에 최혁수는 도무지 감이 잡히지 않는 표정이었다.

고작 하루.

그렇다. 외부에 있던 사람들이 느끼기에 그들이 공방에 들어간 시간은 고작 하루였지만, 시간의 흐름이 달라 그 속에서 열흘이 넘는 사투를 벌였을 것이라고는 아무도 상상할 수 없을 테니까.

귀면장(鬼面將) 아자젤.

악마군 A랭크였던 그는 절대적인 강자였다. 아마도 그는 고작 다섯 명의 인간에게 자신이 당할 것이라 생각하지 못했을 것이다.

어둠 속의 공방. 자신의 특성을 가장 잘 살린 전장이었다. 그러나 그가 생각하지 못한 것.

열화천(熱火遷)의 불꽃.

암흑 속에서 더욱 강해지는 악마가 불꽃 속에서 그 힘을 잃는 것은 당연한 일이었다.

그리고 그의 죽음은, 지금 이들의 강함으로 이어졌다.

"베이 신, 남문을 맡긴다."

무열의 말에 그가 고개를 끄덕였다.

이제 무열을 바라보는 그의 시선은 달라졌다.

"이봐, 너희들. 나와 함께 성문으로 간다."

대피소에 있는 병사들과 함께 가장 먼저 그가 움직였다. 그 모습을 보며 강찬석은 나머지 병사들을 바라봤다.

3거점에서부터 함께 했던 몇몇 병사의 얼굴이 보였다. 눈짓만으로도 그의 마음을 읽은 듯 그들은 황급히 대열을 정리하며 강찬석의 앞에 섰다.

"저희는 동문으로 가겠습니다."

한 치의 망설임 없이 그는 병력을 이끌고 움직였다.

진아륜과 칸 라흐만은 서로 눈빛을 교환하고서는 두 사람을 지원하기 위해 움직였다.

"최혁수."

무열이 그를 불렀다. 산채에서 무열의 싸움을 봤을 때처럼 최혁수는 자신의 이름이 불리자 자신도 모르게 어깨를 들썩이며 황급히 그를 바라봤다.

"네?"

"트라멜을 수비하느라 고생했다."

"아, 아니에요."

"힘들겠지만 다시 한번 진법을 부탁한다. 저들이 카반다를 몰아내면 재해를 대비해서 너의 힘이 필요하니까."

트라멜을 향해 날아오는 검은 구름.

이미 무열에게 있어서 카반다는 적수가 아닌 듯 보였다.

"할 수 있는 모든 진법을 풍진(風塵)으로 설치하도록 해. 악마들은 우리가 맡을 테니까. 너는 흑암이 닿지 못하도록. 트라멜의 입구 앞에서부터 재해를 막는다."

"알겠습니다."

그 모습에 최혁수는 자신도 모르게 고개를 끄덕이며 대답했다.

"오르도, 너는 나와 함께 간다."

"네, 주군."

오르도 창은 날이 빠진 검 대신 죽은 병사의 검을 집어 들며 대답했다. 그러고는 나머지 한 자루의 검을 자신의 허리에 채웠다.

"후우……."

무열은 천천히 호흡을 내뱉었다. 그리고 눈을 감는다. 최혁수와 오르도 창은 그의 행동의 의미를 알지 못해 그저 바라볼 뿐이었다.

감았던 눈을 뜨며 그가 나직이 말했다.

"반격의 시작이다."

그때였다.

화르르르르륵……!!!!!!!

트라멜의 병사들을 비롯하여 무기를 든 모든 이의 장비에서 뜨거운 불꽃이 일었다. 심지어 최혁수의 보옥에서조차 그 열기가 느껴졌다.

"이건……."

갑작스러운 변화에 모두가 어리둥절해했다.

그러나 공방에서 나온 나머지 네 사람은 그 힘에 익숙한 듯 능숙하게 화염의 힘으로 괴물을 상대했다. 자신들 역시 놀라긴 마찬가지였으니까.

불꽃의 힘.

그건 단순히 대미지의 증가만을 뜻하는 것은 아니었다.

고양(高揚).

자신을 이끄는 지도자에 대한 믿음.

정신은 곧 더 강렬한 힘을 만들어내었다.

꽈악.

병사들은 쥔 무기에 힘을 더했다.

트라멜 안에서 피어오르는 수백의 불꽃. 그들의 화염은 마치 거대한 생명체처럼 일렁거렸다.

"전군(全軍)."

병사들은 그 불꽃을 바라보던 시선을 이제 자신들의 거점을 둘러싼 몬스터에게로 옮겼다.

어째서일까.

조금 전까지만 하더라도 두렵기만 했던 적. 그러나 이제 타오르는 열화(烈火)는 마치 모든 것을 베어버릴 것 같은 느낌이었다.

무열은 그들의 앞에 서서 천천히 손을 들어 올렸다. 그의 행동 하나 하나에 트라멜의 병사들은 가슴이 벅찬 느낌이었다.

그들이 기다리는 건, 단 하나였다.

그리고 그것을 지금 무열이 말했다.

"공격하라."

와아아아아아아───!!!!!!

대피소를 둘러싸고 있던 병사들이 일제히 카반다들을 향해 달려가기 시작했다.

그들 개개인의 힘으론 B랭크에 가까운 괴물을 상대하기 힘들었다. 그러나 고양된 기운과 강무열이라는 존재는 이미 그 랭크의 차이를 뛰어넘게 만들었다.

콰득……!!

콰가각!! 콰강—!!!

선두에 선 강찬석을 비롯하여 베이 신, 진아륜, 칸 라흐만은 트라멜을 향해 쏟아지는 카반다들의 무리 속에서 길을 뚫었다. 그리고 그들의 뒤를 따라 병사들이 괴물들을 몰아세웠다.

역전(逆戰).

주인을 잃은 악마들은 더 이상 트라멜의 적이 될 수 없었다.

[크아아아아……!!!]

들려오는 것은 괴물들의 비명뿐이었다.

난전(亂戰) 속에서 공방에서 나온 네 명의 활약 아래 이족 보행을 하는 강력한 카반다들의 공격이 막히고 그보다 약한 괴물들은 병사들의 협공에 하나둘 사체가 되어가고 있었다.

"대단하다……"

성벽 위에 올라선 최혁수는 진법을 설치하면서 그들의 전투를 바라봤다.

뛰어난 장수의 뒤를 따르는 병사들.

그가 구상했던 이상적인 전투의 모습을 이런 위기 속에서 발견할 것이라고는 상상하지 못한 일이었다.

[크르르르르르———!!!!]

그 와중에서도 단연 돋보이는 한 사람은 역시 무열이었다.

상공 위, 플레임 서펀트를 탄 그는 전장을 휩쓸며 카반다들을 도륙하고 있었다.

그의 두 자루의 검에서 뿜어져 나오는 불꽃과 전격, 그리고 마력이 뒤엉켜 적을 태우고 갈랐다.

'그때도 그렇지만 마치 전쟁터에서 살았던 사람 같은 모습이야.'

최혁수는 적을 유린하는 무열을 두근거리는 심장을 안고 바라봤다.

콰아악——!!!

전투의 결말은 순식간이었다.

무열은 마지막 남은 카반다의 목에 검을 박아 넣었다. 비명조차 지르지 못한 채 괴물의 몸이 파르르 떨리며 바닥에 쓰러졌다.

모두가 숨을 죽였다. 그들이 기다리는 말을 알고 있는 듯 무열이 토해내듯 말했다.

"인간의 승리다."

와아아아아아———!!!!

와아아———!!!!

무열의 말에 트라멜의 병사들은 일제히 자신의 무기를 하늘 높이 치켜들고서 함성을 질렀다. 요새 안의 사람들도 마찬가지였다. 강찬석을 비롯한 승리의 주역들은 만족스러운 표정으로 무열을 바라봤다.

하지만 모두가 기뻐하는 순간, 지웅 슈는 무열에게로 다가와서는 고개를 숙였다.

"죄송해요……."

울먹이는 목소리였다.

"왜 그러지?"

무열이 그를 바라보았다.

"이거…… 하나밖에 만들지 못했어요."

그는 무열을 향해 작은 환을 꺼내어 보이면서 말했다.

'정말 성공했구나. 솔직히 도박이었다. 그런데 연금술사조차 만들기 어려운 환을 이 아이가 해냈다.'

고개를 떨군 지웅 슈와는 달리 무열은 그 작은 환을 집어 들며 놀란 표정을 지었다.

"수고했다."

무열은 지웅 슈의 머리에 손을 얹고서 말했다.

"하지만……."

다가오는 거대한 먹구름은 트라멜을 먹어 치울 만큼 거대했다. 아무리 생각해도 고작 이 작은 한 개의 환으론 방법이 없어 보였다.

자신을 믿고 맡긴 임무를 제대로 완수하지 못한 것에 대한 속상함.

하지만 그는 모를 것이다. 이 환을 만든 것이 얼마나 대단한 일인 것임을.

"정말 큰일을 해냈어."

무열은 작은 환을 지옹 슈의 눈앞에 보이면서 옅은 미소를 지었다.

"네가 이 많은 사람을 구한 거다."

콰득.

지옹 슈가 만든 작은 환을 그는 입안으로 가져가 털어 넣고는 깨뜨렸다. 알싸한 맛이 입안에 감돌았다.

"……!!"

생각지 못한 그의 행동에 지옹 슈는 깜짝 놀란 듯 무열을 바라봤다.

"후우……."

그의 입에서 마치 입김과 같은 새하얀 연기가 흘러나왔다.

모두가 그의 변화에 놀란 표정을 지었다.

아직 끝나지 않았다.

성벽 위의 최혁수가 고개를 끄덕였다. 그는 그사이에 완벽하게 트라멜의 주위를 수호하는 풍진의 진법을 완성했다.

인간의 힘으로 막을 수 없다고 알려졌던 재해. 하지만 할 수 있는 모든 준비를 마쳤다. 악마를 상대로 한 인간의 승리처럼 재해의 앞에 선 자신들 역시 쉽사리 당하지 않을 것이다.

무열은 천천히 몸을 일으키고는 다가오는 흑암을 바라보며 지웅 슈에게 말했다.

"이제 내게 맡겨라."

"흐읍⋯⋯."

무열이 숨을 들이마시자 그의 주변에서 약한 기류가 생성되었다. 그의 앞에 있던 지웅 슈의 머리카락이 흩날렸다.

카반다를 물리친 사람들은 하나둘 트라멜의 중앙으로 모이기 시작했다.

크드드득⋯⋯ 크드드득⋯⋯.

검은 구름이 지나간 자리는 마치 그 아래에 있던 생명력을 모두 빨아들인 것같이 시커멓게 변해버렸다.

"지금부터 내 말에 따른다. 흑암을 파괴하기 위해선 저 안으로 들어가서 빠르게 움직이는 핵을 파괴해야 한다."

끄덕.

무열의 주위에 선 사람들이 고개를 끄덕였다.

"공략은 단순하지만 성공하는 것은 어렵다. 흑암 안으로는 내가 들어간다. 나머지 사람들은 이곳에 남아 흑암이 퍼지는 것을 최대한 막아야 한다."

"하지만 잡을 수 있는 게 아닌데 어떻게 해야 하나?"

칸 라흐만은 흑암을 바라보며 물었다. 다른 누구보다도 흑암 위력에 대해서 잘 알고 있는 그였다.

닿는 것은 모두 부식시켜 버리는 재해. 게다가 손으로 잡을 수 있는 실체가 있는 것이 아니기 때문에 더더욱 난감했다.

"방법이 아예 없는 건 아닙니다. 흑암은 말 그대로 구름의 특성을 그대로 가지고 있으니까요. 구름을 움직이는 것은 바람."

무열이 고개를 끄덕이자 라캉 베자스는 커다란 지도를 꺼내어 펼쳤다.

부서진 잔해 위로 올려놓은 지도 위에 무열이 손가락으로 몇 개의 위치를 가리켰다.

"여기, 여기, 그리고 이곳과 이곳을 시작으로 현재 표시되어 있는 곳에 모두 풍진의 진법을 설치해 뒀습니다."

표시된 지역부터 순차적으로 대피소가 있는 트라멜의 중심부까지 무열은 손을 움직이며 최혁수를 바라봤다.

그의 시선을 느낀 최혁수는 무열을 대신해서 말했다.

"처음 계획 때 정해진 위치에 모두 진법을 설치했어요. 그리고 그 이외엔 이곳과 이곳, 두 곳에 추가로 풍진의 쐐기를 박아뒀습니다."

최혁수가 가리킨 지도의 위치는 흑암의 방향과는 다른 곳에 있는 협곡이었다.

'꽤 먼 거리인데……. 이미 저 거리까지 설치할 수 있게 되었구나.'

무열은 추가로 진법이 세워진 곳을 바라보며 생각했다.

그가 알기로 현재 최혁수의 랭크는 C였다. 동일한 랭크의 평범한 환술사들이었다면 결코 불가능한 일일 것이다.

하지만 단순히 먼 거리에 진법을 설치하는 것이 최혁수의 가치를 나타내는 것은 아니다.

"어째서 이곳에 설치를 했지?"

그가 이강호의 책사로서 수많은 전장을 승리로 이끌며 이름을 날렸던 이유는 따로 있으니까.

바로, 진법의 활용.

"풍진의 진법을 활용하면 말씀하신 대로 바람을 바꿀 수 있어요. 상승 기류를 만들 수도 있고 반대로 하강시킬 수도 있죠."

최혁수는 지도에 그려진 협곡을 가리키며 말했다.

"지금 세워진 풍진의 쐐기들을 이용한다면 흑암의 진행 방향을 바꿀 수 있을 겁니다. 완벽하게 트라멜을 비껴 나가게 할 순 없지만 위에서 아래로, 아래에서 위로 바람의 방향을 틀면

이 협곡까지 밀어 넣을 수 있죠."

"그래서?"

"흑암 속에 들어 있는 작은 핵을 파괴하는 것이 주요한 공략이라면 바로 이 협곡에서가 기회예요. 이곳의 지형은 V자 형태로 되어 있죠."

그는 검지와 중지를 펼쳐 협곡의 모양처럼 V자를 그리고서 말했다.

"해봐야 알겠지만 흑암 자체에 물리력이 없다면 풍진의 힘을 모두 쏟아내서 위에서 짓누르면 V자 형태인 협곡의 끝으로 흑암이 몰리게 되겠죠."

"아……! 그렇게 되면 구름의 면적도 줄어들 테니 핵이 움직일 수 있는 반경 역시 좁혀지겠군."

칸 라흐만은 최혁수의 말에 감탄한 표정으로 말했다.

"맞아요."

"하지만…… 한 가지 문제가 있네. 자네의 풍진의 힘이 얼마나 강력한지는 모르지만 단순히 바람만으로 흑암의 궤도를 바꾸는 건 쉽지 않을 걸세."

낚시꾼인 칸 라흐만은 아마 무열 다음으로 재해에 대해서 가장 잘 아는 사람일 것이다. 특히, 흑암을 처음 발견한 사람이기도 한 그는 이 검은 구름이 마을을 집어삼키는 모습을 두 눈으로 직접 보기도 했으니 말이다.

"맞습니다. 풍진은 구름을 잡아두고 방향을 바꾸는 데 도움을 주는 용도니까요."

"그럼……?"

"칸 라흐만, 당신도 알고 있을 겁니다. 흑암이 움직이는 방향성에 일정한 패턴이 있다는 걸. 녀석은 트라멜까지 이동하는 동안 몇 개의 마을을 더 집어삼켰습니다."

"그렇지."

그는 무열의 말에 고개를 끄덕였다.

"어째서 그랬을까요."

칸 라흐만은 마른입에 침을 삼키며 대답했다.

"먹잇감."

기대했던 대답이었는지 무열은 고개를 끄덕였다.

"맞습니다. 녀석은 재해라고 불리는 괴물이지만 의지가 존재하는 생명체가 아닙니다. 멀리에 더 큰 먹잇감이 있다 한들 일단 눈앞에 있는 먹이를 향해 움직입니다."

그는 지도의 표시되어 있는 마을들을 가리키며 말했다.

"그 덕분에 녀석은 길목에 있는 크고 작은 마을들을 습격하느라 트라멜까지 도착하는 데 시간이 걸렸죠. 우리에겐 천운이지만."

"하지만 자네 말대로 눈앞에 흑암이 잡아먹을 만한 먹잇감이 있다면 트라멜이 아닌 그곳으로 움직인다는 말이지만 그런 걸 어디서 구할 수 있겠는가."

"있습니다."

무열은 칸 라흐만의 말에 가볍게 웃었다.

"흑암의 입맛을 돋우게 만들 수 있는 좋은 먹잇감이 조금 전에 생겼죠."

"그게 무슨……."

무열은 손을 뻗었다.

성문 밖으로 보이는 수백 구의 카반다 사체.

"설마……."

"악마 녀석들을 흑암의 먹잇감으로 줄 겁니다. 최혁수가 만들어 놓은 진법의 함정 속으로 녀석을 유인할 수 있도록."

그의 말에 그곳에 있던 사람들은 마치 머리를 한 대 맞은 것 같은 기분이었다.

"정말…… 대단하군."

칸 라흐만은 자신도 모르게 혀를 내둘렀다.

흑암의 속성에 대해서 알지 못했다고는 하지만 최혁수 역시 이런 발상의 전환에 놀라울 따름이었다.

"지금 당장…… 움직여야겠군요."

오르도 창은 무열의 말에 망설임 없이 대답했다.

"그래, 지원 가능한 모든 부대는 당장 악마들의 사체를 협곡 안으로 옮기는 데 주력하도록."

얘기는 여기까지였다.

무열은 이미 머릿속에 그려 놓은 계획을 시행하도록 했다.

"강찬석, 베이 신, 오르도. 세 사람은 맡고 있던 부대원들을 통솔하고 윤선미와 최혁수는 나와 함께 이동한다."

"어디로 가나요?"

"협곡 안쪽으로 갈 겁니다. 하지만 흑암으로 들어가는 건 저 혼자. 캐스터가 아닌 근접 딜러들은 흑암에게 대미지를 주지 못하니까요. 두 사람은 흑암이 퍼지는 것을 막는 데 최선을 다해주세요."

최혁수와 윤선미는 그의 말에 고개를 끄덕였다.

"이봐, 나는 뭘 하면 되지?"

진아륜이 스스로를 가리키며 물었다.

"칸 라흐만과 함께 대피소의 사람들을 부탁한다. 그곳에 네 연인도 있을 테니까. 이젠 옆을 지켜줘야지."

"흥……."

무열의 말에 괜스레 코끝이 찡해지는 기분인 듯 진아륜은 헛기침을 하고는 몸을 돌렸다.

"자."

무열이 손뼉을 치며 사람들을 다시 한번 집중시켰다.

"시작한다."

그의 말이 떨어짐과 동시에 명령을 받은 사람들은 일제히 자신의 위치로 달려가기 시작했다.

"네."

"알겠습니다."

"바로 준비하겠습니다."

흩어지는 그들을 바라보며 무열은 다시 한번 입김을 토해 냈다.

"후우……."

환의 기운이 이제 완전히 몸 안으로 퍼진 듯 손등으로 보이는 무열의 혈관은 선명한 새파란 색으로 변해 있었다.

포스나인에서 서식하는 푸른 치어(穉魚).

치어의 몸속의 기름은 무척이나 특이하다. 마치 액화 질소처럼 닿는 즉시 주변의 모든 것을 얼어붙게 만든다. 이 작은 물고기에게서 뽑은 기름만이 유일하게 흑암의 독기에서 그를 보호해 줄 수 있는 것이다.

하지만 절대영도(絕對零度)에 가까운 이 기름의 냉기적 특성 때문에 혹여나 기름이 몸 안에 들어가게 되면 순식간에 체온을 빼앗아 간다. 만약 그대로 흡입을 한다면 내장이 급속도로 얼어붙어 버릴 것이다.

그것을 방지하기 위해 필요한 것이 식인수의 껍질이었다. 환의 테두리를 감싼 껍질이 몸 안에 퍼지기 전까지 기름이 복용자의 내장을 파괴하는 것을 그나마 늦춰준다.

'혈관에서부터 다시 피부로 기름이 배출되어 막이 생성되면 흑암 속에서도 버틸 수 있다. 하지만 치어 기름이 유지되는 건 약 30분.'

그 안에 흑암의 핵을 파괴해야 한다.

[크으으으으으으———!!!!]

상공에 있던 플레임 서펀트가 무열의 앞으로 내려왔다. 갈기처럼 뿜어져 나오는 불이 흔들리며 녀석은 머리를 그에게로 내렸다.

"우리도 가죠."

서펀트의 위에 올라탄 무열은 악마군의 사체가 떨어지고 쌓이기 시작하는 협곡의 아래로 날아올랐다.

휘이이이이이익……!!

협곡 아래의 바람이 심상치 않게 불기 시작했다. 타고 남은 숯 향이 나는 것 같다. 무열은 그것이 흑암(黑暗)이 이곳으로 방향을 꺾은 증거라는 것을 알았다.

'됐군.'

악마들의 사체 위에 서 있던 그가 고개를 끄덕이며 협곡 위를 바라보았다.

최혁수는 마치 양몰이를 하는 것처럼 타이밍을 맞춰 진법을 발동시켰다. 소용돌이 같은 바람기둥이 흑암의 길을 만들어 협곡으로 유인하고 있었다.

무열은 뇌격과 뇌전의 날을 살폈다.

전격의 영향일까? 신기하게도 악마를 베었음에도 날이 상하지 않았다.

[그런데 어떻게 핵을 파괴할 생각이지?]

혼자 남은 그에게 말을 건 존재.

쿤겐이었다.

[재해를 막으려 하다니. 어이가 없지만 보고 싶군. 어쩌면 내가 너를 택한 이유도 너의 이런 모습 때문일지도 모를 테니까.]

그의 말에 무열은 가볍게 웃었다.

역시, 긴장을 한 걸까. 혼자 남아 있는 이 순간에 누군가 말을 걸어줄 상대가 있다는 것이 감사할 따름이었다.

칵.

뇌격과 뇌전을 다시 검집에 집어넣었다. 경쾌한 착음(着音)과 함께 검집의 걸쇠에 검이 단단히 잠겼다.

[흑암의 핵은 인간의 눈으로 좇을 수 있는 것이 아닌데. 그것도 혼자서 처리하겠다고……?]

"그래, 확실히 네 말이 맞다. 그건 인간의 눈으로 좇을 수 있는 게 아니지."

[그럼……?]

"그래서 나만이 할 수 있는 일이기도 하지."

[…….]

쿤겐은 무열의 말이 이해되지 않는 듯 말을 잇지 못했다.

'수천의 목숨과 맞바꾸고 나서 얻은 공략법.'

치어의 기름은 정말로 닿는 모든 것을 얼어붙게 만들 정도로 차가운 기름이다. 이 기름은 분명 흑암의 독기에서 보호해 준다. 하지만 단순히 보호의 목적만이 아니다. 치어 기름은 일정 온도가 넘어가게 되면 급속도로 성질이 정반대로 변해 휘발유보다도 더 강렬한 불꽃을 일으킨다.

'그런 기름이 몸 안에 있다. 그 순간 일대의 산소를 모두 날려 버릴 만큼 강렬할 것이다.'

폭발로 인해 구름이 걷힌 순간, 그때가 바로 핵을 찾을 수 있는 유일한 타이밍일 것이다.

그러나 절대영도에 가까운 이 기름의 성질을 변화시키는 건 쉬운 일이 아니다. 무열의 화진검이라 할지라도 불가능한 일.

하지만…….

'바로 이것.'

무열은 자신의 손가락을 들어 올렸다. 붉은색의 보옥이 박힌 반지가 햇빛에 반짝거렸다.

그가 첨탑의 2층에서 얻은 아이템.

'종잡을 수 없는 불꽃.'

화염 피해를 입으면 랜덤하게 피해 계수에 비례하여 불꽃은 반사시키는 아티팩트.

알라이즈 크리드에게 용군주라는 이명을 얻게 만들어준 장본인. 화룡의 브레스마저 반사시켰던 아이템.

'이 반지라면…….'

무열은 마치 보옥 속에서 화염이 살아 있는 것처럼 일렁이는 모습을 바라보며 생각했다.

'흑암을 날려 버릴 만큼의 대폭발(大爆發)을 일으키는 것도 불가능은 아니다.'

쿠드드드득…… 쿠드드드득……!!!

협곡으로 찾아오는 검은 구름은 악마의 사체를 잡아먹기 시작했다.

녀석에게 적아(敵我)의 구분이 없는 듯 먹을 수 있는 것은 모두 집어삼켰고, 바닥에 쌓여 있던 죽은 카반다들은 흉물스럽게 뼈만을 남기고 있었다.

'왔다.'

무열은 고개를 들었다. 일순간 밤이 찾아온 것처럼 햇빛이 사라지고 협곡 아래로 그림자가 드리워졌다.

차앙-!!

무열은 검을 뽑았다.

화르르륵……!!

그의 검날에서 불꽃이 일었다.

어둠으로 가득했던 공방 속에서 귀면장을 상대할 때만 하더라도 강렬해 보였던 화진검(火眞劍)이 흑암의 아래에선 마치 불을 지핀 성냥개비처럼 한없이 작아 보였다.

"다시 봐도 엄청난 크기군……."

무열의 이마에서 식은땀이 주르륵 흘러내렸다.

[다시? 언제 흑암을 본 적이 있단 말인가? 기껏해야 100년 남짓인 인간의 삶 중에 같은 재해를 두 번이나 볼 기회는 거의 없는데.]

쿤겐은 그의 말에 신기하다는 듯 되물었다.

"그렇겠지."

마치, 성서 속에 적혀 있는 애굽인들에게 내려진 10가지의 신의 형벌을 보는 것처럼 세븐 쓰론의 10개의 재해(Ten Disasters)는 그 하나하나가 참혹하다는 표현으로 부족할 지경이었다. 그만큼 강렬했다. 심지어 어떤 재해는 대륙의 형태마저도 바꿔놓았고 또 다른 재해는 세븐 쓰론의 기후마저 변화시켰다.

두 번은 경험하고 싶지 않은 고통.

하지만 그것이 지금 자신의 눈앞에 있다.

무열은 전생(前生)에서의 일들을 떠올렸다. 눈을 감자 이곳에서 죽은 수많은 사람의 비명이 들리는 것 같았다.

비옥한 땅이자 천혜의 요새였던 트라멜은 약자들에겐 희망과도 같은 곳이었다. 그런 이곳이, 대륙에서 가장 많은 사망자가 생겨난 죽음의 장소가 될 것이라고는 상상도 하지 못한 일이다.

트라멜의 악몽.

'다시 트라멜을 수복하기까지 수년의 시간이 걸렸다. 그리고 돌아와서도 결국 이 땅은 죽음의 땅이 되었을 뿐.'

무열은 자세를 잡았다.

파앗─!!

지면을 박차는 소리와 함께 그의 몸이 빠르게 튀어 나갔다.

똑같은 역사를 되풀이하지 않기 위해 자신이 이곳에 서 있는 것이다.

재해를 막는다는 것. 그건 곧 신에 대한 자신의 의지를 표출하는 첫 단추였다.

타다닥……! 타닥─!!

지그재그로 협곡의 절벽을 타고 뛰어오른 그의 발밑으로 정확하게 플레임 서펀트가 머리를 들이밀었다.

화염 속성을 가진 서펀트라 할지라도 흑암의 독기를 버려낼 순 없다. 아니, 오히려 더 취약하다. 흑암의 구름을 걷히게 만들 수 있는 건 화염의 힘이지만 그 안의 독기에서 버틸 수 있는 건 정반대의 속성인 냉기였으니까.

지금, 그 두 개의 힘을 모두 가지고 있는 사람은 무열, 그 혼자였다.

타악-!!

무열이 서펀트의 머리를 밟고 다시 한번 뛰어올랐다. 까마 득하게 높아 보였던 흑암이 어느새 그의 코앞에 나타났다.

휘이이이익……!!!

그 순간, 더 이상 디딜 발판이 없는 그의 발아래 단단한 뭔 가가 느껴졌다.

무열은 망설임 없이 그것을 밟았다.

보이지 않는 무형의 발판. 그건 다름 아닌 양손으로 번쩍 들 어 올린 최혁수의 풍진이었다.

순식간에 수백 미터를 뛰어올라 간 그는 더 이상 올려다보 아도 모습을 찾을 수 없었다.

콰드득.

흑암의 아래에 구슬들이 생성되었다. 개수는 모두 세 개. 보랏빛을 띠는 두 개의 구슬과 한 개의 붉은 구슬.

"좋았어."

윤선미는 자신의 미스틱 서클을 바라보며 주먹을 쥐었다.

파괴의 구슬과 열염의 구슬.

랜덤하게 생성되는 미스틱 서클의 특성상 불안한 요소가

있었지만 다행히도 그녀가 원하는 대로 만들어졌다.

"이게 도움이 되길……."

지팡이의 끝을 들어 올리자 그 방향을 따라 미스틱 서클이 나선으로 회전하며 조금 전 무열이 들어간 흑암 안으로 파고들었다.

"여긴 제가 맡을게요. 선미 양도 이제 빠지세요."

"네? 하지만……."

"미스틱 서클에 바람 속성이 있다고는 하지만 랜덤인 데다가 그 정도로는 흑암을 피할 수 없으니까."

최혁수는 윤선미에게 말했다.

"풍진의 진을 모두 발동시키고 난 뒤에 저도 따라가겠어요."

"괜찮으시겠어요?"

"걱정 마세요."

그는 씨익 웃었다. 그러고는 품 안에서 보옥을 꺼냈다. 그 짧은 사이에 진법을 설치하는 쐐기를 박아 넣은 것도 모자라 속성을 넣은 보옥까지 그는 준비한 것이다.

"혹시 모르니 하나 가져가세요."

"감사합니다."

'이 전투를 끝까지 보고 싶다.'

어째서인지 모르겠지만 최혁수는 이 싸움의 결과를 두 눈으로 봐야 할 것 같은 기분이었다.

"그럼…… 이걸."

윤선미는 사람들에게 나눠 주고 나고 남은 비약 하나를 최혁수에게 건넸다.

"효능은 잘 아시죠? 이걸 쓸 일은 없으면 좋겠지만……. 만약에 도망을 쳐야 한다면 그때 사용하세요. 무슨 일이 있어도 저희가 구하러 올 테니."

"알겠어요. 명심하죠."

최혁수는 그녀가 만든 비약을 챙기면서 말했다.

"뭐, 일단은……."

그러고는 흑암을 바라봤다. 이따금 검은 구름 안에서 번쩍이는 빛이 보이는 것 같았다. 마치, 번개가 치는 것 같은 느낌.

"지켜보는 수밖에요."

공기가 변했다. 숨을 쉬기가 힘들었다. 산소가 희박한 이 느낌은 단순히 높이 때문만은 아니었다.

무겁게 짓누르는 압박. 구름 속은 공방보다 더 어두웠다. 말 그대로 칠흑 같았다.

'열화천(熱火遷)은…… 쓸 수 없겠군.'

혼자인 지금 상황에선 아자젤을 상대했던 것과 같은 방식을 쓸 순 없다.

[크우우우우우······!!]

마치, 살아 있는 생명체인 양 흑암이 울었다.

쿠큭······ 쿠그그그그······.

공중에 떠 있는 무열은 떨어질 것 같았지만 막상 흑암의 안
에 들어오니 중력이 사라진 것처럼 오히려 그의 몸이 자유롭
게 떠올랐다.

"······후."

천천히 숨을 내쉬었다. 화진검(火眞劍)의 불꽃이 꺼질 것처
럼 위태롭게 흔들렸다. 혈관 속에 스며들어 있는 차가운 치어
기름 때문이었다.

타닥······ 타닥······.

피부가 마치 가뭄에 말라가는 대지처럼 갈라졌다. 치어 기
름이 흑암의 독기를 막아줬지만 그의 피부는 그 독기를 버티
지 못했다.

파악———!!!

정신을 집중하며 감았던 눈을 떴다. 그러자 무열의 검에서
소용돌이 같은 기류가 뿜어져 나왔다. 위태로웠던 불꽃에 마
력이 더해지자 사그라들던 불씨가 다시 피어올랐다.

"쿤겐, 네가 날 도와야겠다."

[무엇을?]

"내게 줄 수 있는 전격의 힘을 모두 열기로 바꿔 나에게 다오."

[자칫 잘못했다가는 네 몸이 날아갈지 모른다.]

"상관없어. 지금은 그보다 이 반지를 깨우는 게 먼저다."

무열은 자신의 손가락에 있는 반지. 종잡을 수 없는 불꽃을 펼치면서 말했다. 피해가 클수록 반사를 하는 대미지도 커진다.

문제는 확률.

운이 따르지 않는다면 오히려 그 대미지가 고스란히 무열에게 전해질 것이다. 자살행위와 다름없는 도박이었다.

[내 장담하지. 넌 분명 제명에 못 죽을 거다.]

무열은 그의 말에 피식 웃었다.

이미 한 번 겪은 죽음.

[흥, 이런 상황에서 웃기는…….]

쿤겐은 그렇게 말하면서도 자신의 힘을 끌어올렸다. 정령력이 없는 무열에게 직접적으로 힘을 더할 순 없다.

하지만 공방에서의 랭크 업 이후, 이제 속성검인 뇌격과 뇌전엔 자신의 힘의 일부를 전수할 수 있게 되었다.

"기회는 단 한 번이다."

화르르르르륵———!!!!

마력이 더해진 보랏빛의 검기가 더욱더 거세게 피어올랐다.

그와 함께.

지직…… 지지지직……!!

검날 주변에서 번쩍이는 스파크가 일었다. 전격은 점차 붉게 변하더니 이내 빛이 사라지고 전격의 힘 속에 남은 열기만이 무열의 검에 힘을 보태었다.

꽈악.

검을 쥔 손에 힘을 주었다.

투둑…….

뼈가 어긋나는 것 같은 소리가 들렸다.

투드득…….

어깨 부분에서 들리는 소리는 천천히 내려와 팔꿈치에서 손목, 그리고 손등까지 전해졌다.

두 자루의 검에 깃든 마력의 푸른 기운이 그의 양팔까지 감쌌다.

'조금 더……!!'

마지막의 마지막까지 모두 짜내는 것처럼 검을 든 무열의 두 팔이 흔들렸다.

순간, 신기루처럼 무열의 모습이 흐릿하게 사라졌다.

양팔을 쫙 펴고 달리자 맹금의 날개처럼 두 자루의 검에서 뿜어져 나오는 화염이 펄럭거렸다.

[안 돼. 부족해.]

이를 악물고 달리기 흑암의 안으로 파고드는 무열을 향해 쿤겐이 차갑게 말했다.

정령왕인 그는 재해의 위험을 잘 알았다.

그리고…… 재해의 크기 역시.

마력과 화염, 그리고 전격의 힘까지 보유하고 있는 무열은 확실히 특별하다. 하지만 그래 봐야 일개 인간. 쿤겐에게 있어서 무열의 모습은 아직 거기까지였다.

[그것 봐. 혼자선 불가능해. 아자젤 때와는 다르다. 여긴 네 동료들도 없어.]

마치 불나방처럼 뛰어드는 무열의 모습을 보며 쿤겐은 냉소적인 목소리로 말했다.

하지만 그때였다.

휘이이이익――!!!

순간, 흑암의 구름이 뒤틀리듯 구겨졌다.

[……!!]

위에서 짓누르는 바람의 힘이 흑암을 아래로 밀어내고 있었다.

파악! 팍! 팍!!

그와 동시에 구름 속에서 튀어나오는 세 개의 구슬. 무열은 그걸 바라보며 쿤겐에게 말했다.

"지금."

파괴의 구슬이 먼저 폭발했다. 굉음과 함께 터져 나오는 위력이 다시 한번 열염의 구슬을 감싸자 엄청난 화염이 무열의 전신을 감쌌다.

"크아악!!!!"

고통에 찬 무열의 비명이 흑암 안에서 울려 퍼졌다. 아무리 화염 내성력을 가지고 있다 하더라도 자신의 불꽃과 미스틱 서클에 의한 마녀의 불꽃을 동시에 받아들이는 것은 무열에게도 벅찬 일이었다.

빠득.

무열이 이를 악물었다. 정신이 날아가 버릴 것 같은 고통이었지만 무열은 더욱더 그 화염을 갈무리했다.

그의 손가락에 끼워져 있던 보옥이 빛을 뿜어냈다.

[설마…….]

쿤겐은 그 모습에 정령왕이라는 신분도 잊은 채 진심으로 놀란 목소리로 말했다.

[네 위치는 알 수 없겠지만 구슬이 날아오는 속도를 계산해서 풍진을 작동시킨 건가. 미치겠군. 저 밑에 있는 인간도 너 못지않은 괴물이야.]

목소리가 들릴 리 없는 거리였다. 최혁수 역시 도박을 한 것이다. 미스틱 서클이 흑암의 중심부에 도달할 시간을 기다렸다.

그리고 그 도박은 통했다.

임계점(臨界點)에 도달한 순간, 무열의 입에서 흘러나오던 새하얀 김이 붉게 변했다. 두 눈이 붉게 충혈되고 푸른색이었던 혈관들이 붉게 변했다.

그가 두 팔을 쫙 벌리는 순간, 반지 속에서 뿜어져 나오는 불꽃이 살아 있는 것처럼 그의 온몸에서 흘러나오는 화염을 집어삼키기 시작했다.

'종잡을 수 없는 불꽃'이라는 이름 그대로.

콰아아아아아앙———!!!!

날뛰는 불꽃은 어느새 붉은색에서 새하얗게 변하며 흑암의 구름을 날려 버렸다. 그 폭음은 저 멀리 트라멜에까지 들릴 정도였다. 상공에서 울린 폭발임에도 불구하고 땅이 흔들릴 정도였다.

말 그대로 대폭발이었다. 아무 생각 없이 하늘을 보고 있던 사람들이 새하얀 빛에 일순간 앞이 보이지 않을 정도였으니까.

어둠을 만들던 구름이 사라지고 협곡에 빛이 내렸다.

털썩.

상공에서 무열의 몸이 떨어졌다. 황급히 그를 받아낸 사람은 다름 아닌 최혁수였다.

"괜찮아요?!"

"쿨럭, 쿨럭……!!"

기침을 하는 무열의 입에서 검붉은 핏덩이가 한 움큼 튀어나왔다.

그냥 눈으로 봐도 엄청난 화상.

겉으로 보이는 것이 이 정도였으니 그의 오장육부는 말할 필요도 없었다.

"하아, 하아……."

최혁수가 무열을 부축한 채 걱정스러운 눈빛으로 바라봤다.

하지만 그것도 잠시.

"……어?"

그의 시야에 들어온 것.

그건 자신들의 앞에 떠 있는 아주 작은 붉은 구슬 하나였다.

붉은 구슬이 반으로 갈라지며 껍질이 벗겨지듯 서서히 반으로 나뉘었다. 껍질 속에 들어 있는 새하얀 뭔가.

꿀꺽.

자신도 모르게 척추를 타고 내려오는 소름. 최혁수는 마른침을 삼켰다.

새하얀 구체에 박혀 있는 검은 점. 그게 무엇을 닮은 것인지는 단번에 알 수 있었다. 그리고 그것의 정체 역시.

"……눈?"

마치 살아 있는 생명체의 눈동자처럼 이리저리 왔다 갔다하던 그것의 시선이 두 사람에게로 고정되었다.

기껏해야 손바닥만 한 크기.

두려울 게 전혀 없을 텐데 최혁수는 다리에 힘이 풀리는 기분이었다.

[저게 흑암의 핵이다.]

쿤겐은 긴장된 목소리로 말했다.

"도…… 도망……."

바닥에 주저앉은 최혁수의 몸이 본능적으로 말하고 있었다.

어떤 능력이 있는지도 모른다. 하지만 먹이사슬의 절대자의 위치에 있는 존재를 보는 초식동물처럼 최혁수의 머릿속엔 온통 도망쳐야 한다는 생각뿐이었다.

파르르…….

최혁수의 손이 떨렸다. 그는 황급히 품에서 조금 전 윤선미가 준 비약을 꺼냈다. 그러나 공포에 떨리는 손은 마개조차 제대로 따기 힘들었다.

"젠장!!!"

그때였다.

"……잠깐."

최혁수는 자신의 어깨에 느껴지는 감촉과 동시에 들려오는 목소리에 황급히 고개를 돌렸다.

시커멓게 변한 입술로 무열은 최혁수를 바라보며 말했다.

"그 비약, 내게 다오."

to be continued